KB114551

이모탈 퓨전 판타지 소설
FUSION FANTASTIC STORY

워리어

Warrior

워리어 1

이모탈 퓨전 판타지 소설

초판 1쇄 찍은 날 § 2014년 10월 14일
초판 1쇄 펴낸 날 § 2014년 10월 21일

지은이 § 이모탈
펴낸이 § 서경석

편집부장 § 권태완
편집책임 § 한준만

펴낸곳 § 도서출판 청어람
등록번호 § 제387-1999-000006호
등록일자 § 1999. 5. 31
어람번호 § 제2-2537호

주소 § 경기도 부천시 원미구 부일로 483번길 40 서경B/D 3F (우) 420-822
전화 § 032-656-4452 팩스 § 032-656-4453
http://www.chungeoram.com
E-mail § chungeorambook@daum.net

ISBN 979-11-316-9240-0 04810
ISBN 979-11-316-9239-4 (세트)

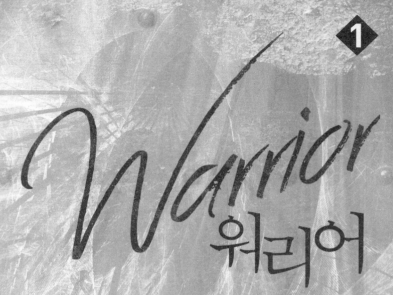

이모탈 퓨전 판타지 소설
FUSION FANTASTIC STORY

1

Warrior
워리어

워리어

CONTENTS

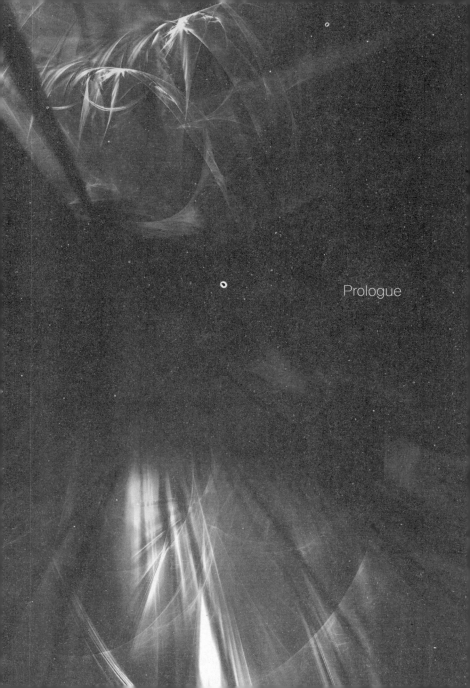

Prologue

소말리아 푼틀란드.

미 해군 5함대 아이젠하워 항공모함 아일랜드 작전 상황실.

―여기는 '까치 독사' 임무 완료. 현 위치 노출.

―여기는 '까치 독사' 임무 완료. 현 위치 노출. 반복한다. 현 위치 노출.

계속 반복되는 음성.

이를 냉철한 표정으로 듣고 있는 이가 있었다.

―현 위치 이탈한다. 반복한다. 현 위치 이탈한다. 작전 지시 요망. 작전 지시 요망. 이상!

"교신 끊어!"

검은 양복에 검은 선글라스. 냉혹해 보이는 입매의 사내가 기어코 입을 열었다. 그에 아이젠하워 항공모함의 함장인 알란 G 마이야즈 대령이 다소 놀란 듯한 표정으로 검은색 일색의 사내를 바라보았다.

"적지이기는 하나 한국이 자랑하는 최고의 군인이니 반드시 살아 돌아 올 수 있을 것이다. 그러니 최고의 군인을 믿어라. 끊어!"

검은색 일색의 사내가 강경하고 단호하게 말하자 병사는 살짝 마이야즈 대령을 바라보았다. 마이야즈 대령은 무겁게 고개를 끄덕였고 이내 통신음이 흘러나오는 버튼을 아래로 내리며 오프시켰다.

정적이 감도는 아일랜드 작전 상황실. 마이야즈 대령은 검은색 정장의 사내를 보며 입을 열었다.

"잠시 보지."

"알겠습니다."

그렇게 말한 마이야즈 대령은 부함장에게 통제권을 넘기고 검은색 정장의 사내와 함께 함장실로 이동했다.

그들은 함장실에 도착하여 서로 마주보며 앉을 때까지 한 마디도 나누지 않았다. 묵묵히 서로를 바라본다. 그러다 마이야즈 대령은 두 손을 탁자로 올린 후 깍지를 끼고 진지하게 물었다.

"무엇 때문인가?"

"무엇을 말입니까?"

"몰라서 묻는 건가? 한국은 아국의 우방국이네. 게다가 그들은 이번 작전에서 아국을 원조하기 위해 최고의 저격수를 보내줬고 말이네."

"……"

마이야즈 대령의 말에 검은색 정장의 사내는 말이 없었다. 함장 앞임에도 불구하고 여전히 선글라스를 벗지 않은 채였기에 그의 표정이 대체 어떤 표정인지 짐작조차 할 수 없었다.

"최고의 우방이라는 말 맞습니다. 앞으로도 그럴 것입니다."

"그런데?"

"중요한 것은 그 우방이 너무 강해져 아국을 뛰어넘어서는 안 된다는 것입니다."

"……."

단박에 검은색 정장의 사내가 한 말을 이해한 마이야즈 대령이었다. 그는 군인이었지만 군인은 별을 다는 그 순간부터 정치인이었다.

"위험한 발상이로군."

"하지만 해야만 하는 일입니다. 그들이 말하는 저 가공할 능력을 가진 매카닉 솔져가 문제가 되는 것이지요. 우리 미국이 엑소 스켈레톤 슈트를 실전 배치한 것이 불과 3년 전입니다."

선글라스를 쓴 사내의 말에 마이야즈 대령은 고개를 끄덕였다. 이른바 슈퍼 솔져 계획의 일환으로 2048년에 실전 배치된 엑소 스켈레톤 슈트는 착용하는 순간 군인은 이미 로봇과 다르지 않았다.

방탄은 물론이고 개인당 300킬로그램의 군장을 지고 시속 30킬로미터의 속도로 산악 지형을 뛰어 다닐 수 있었다. 내구력은 수중 300미터에서 임무를 수행할 수 있을 정도이며, 화생방에서도 완벽한 생존력을 자랑하는 미국의 자랑.

그런데 동양의 작은 나라. 아직도 통일이 되지 않은 그 작은 나라에서 미국의 엑소 스켈레톤 슈트를 훨씬 앞지른 바이오 메카닉 솔져를 개발해 냈다.

"그것은 현재 미국의 기술력을 십 년 이상 앞선 것으로써 도저히 묵과할 수 없는 일입니다. 우방국이 강해지는 것은 좋지만 우리의 울타리를 벗어나서는 안 되지 않겠습니까?"

검은색 정장의 사내는 담담하게 말을 하고 있지만 그 속에는 미국에 대한 강한 열정을 담고 있었다. 그것은 오로지 세계의 최고의 나라는 미국뿐이라는 신념이었다. 광기마저 어린 신념 말이다.

"만약 그들이 지금 투입한 프로토타입 매카닉 솔저의 성공을 기반으로 삼아 진정한 매카닉 솔저를 완성시킨다면 그 이후의 일은 보지 않아도 알 수 있습니다. 우리의 손을 벗어날 것이며, 저들은 통일을 시도할 겁니다. 중국이나 일본을 뛰어넘어 극동 아시아의 중심이 될 테죠. 그들이 중심이 되었을 때도 과연 지금과 같은 동맹 관계일 것이라 판단하십니까?"

선글라스를 쓴 사내의 말에 마이야즈 대령은 아무런 말도 할 수 없었다. 그동안 한미의 동맹 관계는 겉으로는 돈독해 보이지만 실제로는 일본에 밀려 그 중요도가 상당히 떨어진다고 할 수 있었다.

그런 것을 모를 리 없는 한국이다. 그리고 그러한 한국이 미국의 이번 작전에 저 바이오 메카닉 솔저를 지원한 것은 미국에게 어느 정도 경고의 의미도 있을 것이다.

마이야즈 대령은 굳은 인상을 떠올린 채 검은색 정장의 사내의 입만 바라볼 뿐이었다. 이해되지 않는 것은 아니었다.

아니, 오히려 두렵기까지 했다.

한국은 전통적으로 미국의 우방이라고는 하지만 솔직히 일본보다는 그 효용성이 많이 떨어진다. 그럼에도 불구하고 한국을 무시할 수 없는 것은 지구에서 유일하게 분단된, 그리고 첨예한 군사 대립이 이루어지고 있는 나라이기 때문이다.

한국을 중심으로 기술력의 일본, G2의 중국, 박쥐처럼 서양과 동양을 넘나들며 과거의 영광을 재현하기 위해 호시탐탐 미국을 노리고 있는 러시아가 둘러싸고 있었다. 어느 하나 만만한 나라가 없었다.

그런 남과 북으로 나누어져 미국의 한 주보다 작은 나라에서 세계 최고의 기술을 가진 일본이나 미국을 제치고 오매불망하던 생체 전략형 사이보그를 만들었으니 어찌 당혹하지 않을 수 있겠는가?

때문에 미국은 결정을 내릴 수밖에 없었다. 백인 우월주의는 아닐지라도 한국이 자신의 손을 벗어나는 순간 아시아에 대한 통제권을 완벽하게 상실하기 때문이었다.

그러하기에 검은색 정장의 사내의 말이 이성적으로는 이해가 되었다. 하나, 우방국이라면 이렇게 해서는 안 된다는 감정적인 측면도 없지 않아 있었다.

"지킬 수 없는 힘은 없는 것이 낫고 통제할 수 없는 힘은 제거하는 것이 옳습니다."

"저들이 그를 지키지 못할 것이라 생각하는 건가?"

"아닙니다. 아니 오히려 너무 잘 이용하고 잘 지킬 것 같아서, 그래서 미국의 그늘을 벗어날 것 같아서 두렵습니다."

그것은 검은색 정장의 사내가 가진 솔직한 심정이었다. 인류 초유의 무기는 핵폭탄이나 수소폭탄, 중성자탄이 아닌 로봇에 인간을 집어넣은 매카닉 솔져였다.

그것은 전략핵보다 훨씬 더 무서웠다. 그 활용도는 무궁무진하다. 그 하나로 한국이라는 나라는 전 세계를 휘어잡을 수 있을 것이다. 미국과의 기술 간격을 단번에 좁히고 다시 수십 년을 앞서갈 수 있는 그런 가능성이 있었다.

그렇게 되면 세계는 한국에 의해서 돌아가게 될 것이다. 세계의 경찰은 미국이 아니라 한국이 될 것이며, 세계의 초강대국은 미국이 아니라 인구 5천만의 조그마한 한국이 될 것이다.

그것은 상상하기조차 두려운 일이었다. 그 싹을 미리 잘라야만 했다. 아직 미완성일 때 제거하고자 하는 것이다. 그래서 정보를 흘려 그 홀로 작전 지역으로 가는 상황을 만들었다. 그리고 상황은 아주 낙관적이라 할 수 있었다.

"내가… 해야 할 일은 뭔가?"

"잠시만 쉬고 계십시오."

아주 자연스럽게 말하는 검은색 정장의 사내였다.

"……."

"한 2, 3년 만 참으시면 됩니다. 다시 복권되실 겁니다. 한국이라는 나라는 망각을 아주 잘하더군요."

마이야즈 대령은 말없이 정장의 사내를 바라보았다.

"그렇게 하지."

"잘 생각하셨습니다. 그럼 이만."

정장의 사내가 함장실을 벗어났다. 굳은 얼굴로 그의 뒷모습을 바라보던 마이야즈 대령은 그 순간 10년은 더 늙어 보였다. 그는 두 손으로 얼굴을 쓸었다.

"미국. 위대한 미국을 위해서야……."

답답한 음성이 그의 입에서 토해져 나왔다. 미국을 위해서라는 그 말만 수 없이 되뇌는 그의 음성이었다.

*　　　*　　　*

[Communicationl Out : 통신 꺼짐.]

"……."

바이저에 통신 신호가 잡히지 않았다. 가능성은 수십 가지였으나 지금 이 순간 사내가 생각한 것은 단 하나뿐이었다.

'제거!'

그가 이미 염두에 두었던 생각이었다. 최악의 시나리오. 절대 있어서는 안 될 그런 시나리오였지만 역시 미국은 최악의 시나리오를 선택하고 말았다.

순간 사내의 바이저에는 수없이 많은 빨간 점이 카운팅되기 시작했고 그와 함께 현재 지형 및 탐색된 경로에 따라 녹색의 점선에서 실선으로 이어지기 시작했다.

[Ejection : 비상탈출.]
[사거리 : 2,000. 목표 : 타깃 1. 탄환 교체 : 고폭 확산탄.]

투후웅! 투홍!

육중한 소리가 그의 저격용 라이플에서 흘러나왔다. 몇초가 지나지 않아 그가 저격한 목표물이 무너져 내리는 모습이 보였다. 현재 자신과 연결되는 소로 양옆을 점령하고 있는 아름드리나무 두 그루가 단 두 발의 저격에 의해 길을 점령하며 쓰러지고 있었다.

'거리 12,010, 풍향 4분의 3, 좌측 2도, 시야 확보. 연사!'

투홍! 철컥!

투두둥! 철컥! 철컥!

길을 막고 있는 나무를 치우려던 병사들이 선명한 핏줄기를 내뿜으며 쓰러져 갔다. 그에 2와 2분의 1톤 트럭에 매달려 있던 MG—50의 총구가 불을 뿜었다.

투두두두둥! 투두둥!

5톤 트럭에나 달려 있어야 할 MG—50이었다. 그래서인지 탄착점이 일정치 않았다. 또한 그 반동으로 제대로 된 탄착군을 형성하기도 힘들었다. 과유불급이라 했다.

그저 M60이면 될 것을 과욕을 부린 탓이라 할 수 있었다.

'거리 12,011, 풍향 4분의 3. 시야 확보.'

퉁! 철컥!

신나게 MG—50을 쏘아 대던 병사가 머리가 수박처럼 터져 나갔다. 그럼에도 여전히 나무를 치우려는 소동은 계속되었다.

원샷 원킬!

하나의 총알에 반드시 하나의 적이 죽었다. 그때, 사내의 청각으로 들려오는 소리가 있었다.

투투투투투!

묵직한 소리. 그 소리는 하늘에서 들려오고 있었다.

[Mi—24 Hind : 1ロ Threats—Confirmed : 적 6ロ4명—확인 완료.]

[사거리 : 76,ロ34. 목표 : 타깃 1. 탄환 교체 : 폭발형 철갑 집속탄.]

철컥! 투홍! 콰하아악!

7.6km밖의 무장 헬기가 붉은 화염을 뿜어내며 폭발했다. 사내는 사격을 마치는 동시에 뒤도 돌아보지 않고 뛰기 시작했다. 적이 있는 방향 정반대로. 도저히 인간으로서 낼 수 없는 빠른 속도였지만 어딘가가 부자연스러웠다.

순간 사내의 눈앞에 절벽이 드러났다.

[거리 : 15ㅁ. 높이 : 2ㅁㅁ. 안전 착지 각 : 45도.]

사내는 그대로 뛰었다.

철컥! 쿠화아악!

새처럼 날았다. 그리고 150미터의 절벽을 가볍게 뛰어넘으려는 순간이었다. 순간 사내의 바이저가 붉은 색으로 변했다.

[경고! 위험! ㅈㅣㅁ—12ㅁㄷ ㅅㅁㅎㅅㅅㅁㅎ(공대공 미사일) 고속 접근 중, 충돌 약 1초 후!]

사내의 신형이 돌아갔다.

순간!

쿠콰가가강!

커다란 폭발이 일어나며 불꽃이 휩쓸었다. 그때 그 폭발이 일어나는 상공 위로 F—35C라는 이름을 가진 미국의 최신예 전투기가 빠르게 사라지고 있었다.

—알파 브라보 팬텀! 작전 종료 후 귀환한다. 반복한다. 알파 브라보 팬텀! 작전 종료 후 귀환한다.
—찰리 탱고 하나! 귀환을 허가한다.
—라져!

비행기가 사라지고 폭발이 가라앉을 즈음. 그 폭발로부터 하나의 불덩어리가 절벽 200미터 아래로 떨어져 내리고 있었다. 자세히 보면 부자연스럽게, 그러나 차량보다 빠르게 산악을 지치지도 않게 뛰어가던 사내였다.

슈우욱! 촤하아악!
커다란 물보라가 일었다. 사내는 물속으로 서서히 가라앉기 시작했다. 마치 죽은 듯 아무런 움직임조차 보이지 않았다. 깊고 깊은 공간이었다. 그리고 그 공간 저편에서 어둠보다 더 어두운 하나의 점이 생성되었다.

우우우우웅!
그 바늘보다 작은 점이 울기 시작했고, 그와 함께 그 주변의 모든 것이 그 점으로 빨려 들기 시작했다. 처음엔 아주 느

렸다. 그러다 어느 순간 회오리가 형성되었고, 그 회오리는
모든 것을 삼켜 버릴 듯 커지기 시작했다.

쿠구구구!

절벽이 무너지고 있었다. 거대한 물보라가 일어 사방으로
치솟아 올랐으며 아직 정신을 차리지 못한 사내 역시 그 미친
듯이 회오리치는 소용돌이 속으로 빨려 들어가기 시작했다.

그때 사내의 바이저에서 시리도록 푸른색의 빛이 터져 나
왔다. 깨어난 것이다. 하나, 사내는 움직일 수 없었다. 무언가
가 항거할 수 없는 강력한 무엇으로 전신을 옭아맨 것처럼 움
직일 수 없었다.

쩌저저적!

불꽃이 튀었다. 전류가 흘러 사방으로 흩어지며 기괴한 흐
름을 보여주었다. 순간 사내의 신형이 주욱 늘어났다. 마치
고무줄이 늘어나듯 말이다. 몸이 얇아지고 있었다.

존재하지도 않을 것 같은 혈관이 보였고, 자신의 내부가 훤
히 들여다보였다. 그리고 물이 사내의 몸으로 흘러들었고, 바
위가 흘러들었으며, 나무가 흘러들었다.

그 모든 것이 선명하게 보였다. 대뇌와 연결된 AI는 제대로
된 기능을 하지 못하고 있었다. 어떤 경고음이라든지 신호조
차 내지 못하고 있었다. 끝없이 늘어나는 사내의 몸.

종이 한 장보다 얇아진 몸. 신체만이 아니었다. 빤히 보고

있음에도 불구하고 그의 두뇌를 이루는 대뇌피질은 끊임없이 늘어나고 있었고, 대뇌를 장악한 신경 뉴런과 피코 단위로 이루어진 기계의 신경이 융합되는 것을 볼 수 있었다.

수없이 많은 전류의 선이 방전되기 시작하면서 그의 몸 전체는 수십만 개의 백열등이 작열하는 것처럼 밝게 빛나고 있었다. 그뿐만이 아니었다. 물과 흙을 비롯해 무수히 알 수 없는 유기 물질이 그의 몸속으로 쏟아져 들어오며 섞이고 있었다.

그렇게 사내의 신형은 무언가와 융합되면서, 혹은 사라지면서 점점 바늘귀보다 작은 검은 점으로 빨려 들어갔다가 보다 작은 하얀색의 점으로 빠져나오고 있었다.

사내는 그 모든 과정을 볼 수 있었다. 고통이 극에 달하여 아무런 고통이나 감각조차 느끼지 못했다.

'죽는 건가?'

의외로 담담했다. 아니 오히려 우스웠다. 자신의 몸과 뇌는 이미 사라졌다고 해도 과언이 아니었다. 그런데 자신은 생각을 하고 있었으며, 인조로 만들어진 눈은 자신의 앞뒤, 그리고 심지어는 자신의 내부까지 보고 있었다.

수십 년의 삶이 파노라마처럼 스치고 지나갔다. 죽음이라는 것. 그는 이미 죽음을 한 번 겪었다. 그의 뇌는 분명하게 그것을 기억하고 있었다. 작전 중 사망. 하지만 되살아났다.

첫 번째 죽음은 무척이나 고통스러웠다. 다시 이런 고철 덩어리로 살아났을 때는 아픔과 죽음에 조금은 무뎌진 자신을 볼 수 있었다.

그리고 지금은 다시 죽어가는, 혹은 이상하게 변해가는 자신의 모습을 볼 수 있었다. 기계가… 아니, 인간이 이렇게 늘어질 수 있고, 스스로의 뇌와 내부의 모든 것을 볼 수 있을지는 몰랐다.

그 과정에서 사내는 자신이 어떻게 만들어지고, 어떤 목적을 가지고 이곳으로 투입되었으며, 어떤 존재인지 자각할 수 있었다. 마치 봉인이 풀리듯 한꺼번에 모든 것을 알 수 있었다.

'만약 내가 살아난다면 많은 것이 달라지겠군.'

그러는 와중에 머리가 묵직해지기 시작했다. 무언가 짓누르는 듯한 그런 느낌이었다.

눈이 흐릿해졌다. 정신을 잃어가는 것이리라. 사내의 뇌리에는 무수히 많은 정보가 스쳐 지나가고 있었다.

수십 년 동안 배워왔던 지식이 한꺼번에 떠올랐고, 동시에 자신의 일생이 마치 텔레비전 화면을 보듯이 펼쳐지고 있었으며, 태어날 때부터 지금까지의 모든 것이 음성으로 전달되고 있었다.

사내는 1초도 되지 않은 시간에 울고, 웃고, 찡그리고, 화내고 있었다. 그 모든 것이 그의 표정에 나타나고 있었다. 어떻게 그럴 수 있는지 알 수 없으나 그 현상은 분명하게 일어나고 있는 사실이었다.

그리고 마지막 순간, 사내의 눈앞에는 눈부신 검은색의 폭발이 존재했다. 어둠이 눈부실 수 있다는 것을 처음 알았다. 그리고 모든 것이 끝이 났다. 회오리치는 물결도 무너져 내리는 절벽도 미친 듯이 용해되던 물체도 아무것도 없었다.

세상은 다시 고요가 찾아왔다.

투투투투투!

고요가 찾아온 세상에 육중한 로터음이 들려왔다.

─오 마이 갓!

나타난 것은 미 해군 제5함대에서 출발한 함재 헬리콥터였다. 그리고 그 헬리콥터를 조종하는 조종사는 입을 벌릴 수밖에 없었다. 아무것도 없었다. 절벽과 그 절벽 사이를 노호처럼 흐르던 물줄기는 온데간데없고 반경 10킬로미터에 이르는 거대한 분화구가 생겨난 것이었다.

마치 유성이 떨어진 것처럼 거대한 분화구였다. 그 외에는 아무것도 없었다. 물도 없었고, 나무도 바위도 없었다.

—갈매기. 상황 보고! 상황 보고!

—여기는 갈매기. 어미 새에게 영상 송출! 이상!

—라져!

제1장

이계 진입

Warrior

영상이 송출되었다. 그에 제5함대의 작전실에 있는 모든 이들은 입을 쩍 벌리고 한동안 아무 말도 할 수 없었다. 특히 5함대 사령관인 마이야즈 대령은 침음성을 흘릴 수밖에 없었다.

그의 시선이 선글라스를 쓴 사내를 향했다. 선글라스를 쓴 사내 역시 마이야즈 대령에게로 향했다. 그 사내 역시 당황하고 있는 것처럼 보였다. 설마 이런 결과가 나올지는 몰랐기 때문이었다.

"저게 가능하다고 보나?"

"…아무리 연료가 반물질이라 하나 저건 불가능합니다."

"그럼 저 현상을 어찌 설명할 건가?"

"……."

말이 없었다. 마이야즈 대령은 그런 그를 내버려 둔 채 몸을 돌렸다. 그리고 마지막 한마디를 남겼다.

"어쨌거나 그쪽 부서가 조금 바빠지겠군."

마이야즈 대령의 말에도 선글라스를 쓴 사내의 시선은 여전히 송출되고 있는 영상에 박혀 있었다.

*   *   *

눈부신 백색의 광망이 터졌다. 하지만 어떠한 소음도 들려오지 않았다. 단지 눈을 뜰 수 없을 정도의 밝은 빛이라는 것뿐이다. 잠시 동안 온 세상을 밝히던 백색의 광망이 서서히 사라지더니 이내 아무런 일도 없었다는 듯이 다시 세상은 평온이 찾아왔다.

그리고 그 백색의 광망이 사라진 공간 아래 한 명의 사내가 누워 있었다. 거대한 폭발을 일으키며 사라졌던 사내였다. 그의 얼굴은 평온했다. 그의 전신은 사라졌을 때보다 조금 더 커졌고, 그가 둘러멨던 검은색의 묵직한 저격총은 사라지고 없었다.

꿈틀!

그러다 사내의 손가락 한 마디가 움직였다. 살아 있는 것이다. 사내의 눈이 서서히 떠지기 시작했다. 그의 눈은 초점이 맞춰지지 않았다. 그러기를 잠깐 서서히 초점이 맞춰지며 흐릿하게 보이던 사물이 선명히 보이기 시작했다.

누운 상태에서 머리 위로 올라갔던 바이저가 내려왔다. 하지만 아무것도 없었다. 어떠한 신호도 보이지 않았고, 어떠한 데이터도 분석되지 않았다. 그냥 햇빛을 가리는 선글라스 정도에 지나지 않았다.

다만, 느낄 수 있었다. 바이저가 내려오는 순간 그 자신의 신체는 완벽하게 전투를 위한 상태로 변한 것을 말이다. 다시 바이저가 올라갔다. 사내는 누운 상태 그대로 등을 만졌다.

당연히 만져져야 할 차갑고 뭉툭한 촉감의 것이 없었다. 세상에서 유일하게 자신만이 사용 가능한 저격용 라이플이 사라졌다. 하지만 사내는 놀라지 않았다. 그는 분명 기억하고 있었다.

자신의 내부와 뇌가 끝없이 늘어나고 수백, 수천 번 타오르다 다시 회복되는 것을. 그리고 수없이 많은 물질과 결합하고 혼합되는 자신의 신체를 말이다.

하지만 지금 생각하면 그 모든 것이 한순간의 꿈처럼 아득하기만 했다. 그 속에서 자신이 살아 있다는 것 자체를 상상

할 수 없었기 때문이었다. 한참 동안 그렇게 누워서 자신에게 일어난 일을 생각하며 하늘을 바라보던 사내는 서서히 일어나기 시작했다.

그러자 사내는 자신의 신체적인 변화를 깨달을 수 있었다.

"신장 2m10cm, 체중 120kg, 양안 시력 25. 시속 400km/h, 1,400hp(마력)."

그의 입에서 흘러나오는 나직한 음성. 자신에 대한 프로필이었다.

"성명 이산, 나이 마흔 다섯, 암호명 워리어, 군번 94—11002, 계급 대령, 소속 부대 107 해외 특작부대."

너무나도 자연스럽다. 자신은 분명 프로토타입(prototype)으로 만들어진 바이오 메카닉 솔져였다. 그런데 지금은 아니었다. 중세 시대의 풀 플레이트 메일의 형상을 한 칠흑의 슈트를 입은 '사람' 이었다.

"성명 카이론 에라쿠르네스, 나이 열여덟, 신장 210cm, 체중 120kg, 양안 시력 2.0, 직업 엘리시온 아카데미 6년 차 졸업반, 가문 카테인 왕국의 변방 에라쿠르네즈 백작 가문의 서자."

방금 전과는 전혀 다른 인적사항이 튀어나왔다. 그 이후에도 이산의 입에서는 한국어가 아닌 전혀 다른 언어가 줄줄이 흘러나오고 있었다. 그러기를 한참. 마침내 사내의 웅얼거림이 끝이 났다.

"나는… 누구인가?"

혼란스러웠다. 이 혼란의 시작은 바로 그 바늘귀보다 작은 칠흑의 공간으로 빨려 들어가면서 시작되었다.

그는 자신의 손을 내려다보다 주먹을 말아 쥐었다가 다시 폈다. 그리고는 멍하니 자신의 손을 바라보았다. 검은색의 윤기 나는 갑옷과 같은 색의 장갑이 둘러진 그의 손이었다.

그런데 그의 손끝에서부터 사르르르 변하기 시작하더니 검은 장갑이 벗겨지고 인간과 똑같은 피부가 보였다.

과거 자신은 뇌를 제외하고는 모든 것이 기계였다. 그런데 지금은 기계의 표면이 벗겨지고 피부가 드러나고 있었다. 인간의 피부가 말이다. 그의 눈이 잔잔하게 떨리는 것과 동시에 검은 장갑이 손을 덮었다 사라졌다를 반복했다.

그러다 마침내 서서히 변하기 시작했다. 전체적으로 마치 군인의 위장복처럼 변하기 시작한 것이다. 윤기 나는 검은색의 동체는 사라지고, 알록달록한 위장복과 베레모 그리고 선글라스가 나타났다.

메카닉 슈트는 모든 것으로 변형이 가능했다. 인간의 피부로도 또는 그 어떤 것으로도 말이다.

"나는… 변한 건가?"

그제야 이산은 중얼거렸다. 아무런 감정이 담겨있지 않은 목소리였다.

"그리고 내가 본 것은 꿈이 아니었다."

자신이 본 것. 불과 바늘귀만 한 틈에 빨려 들어가 모든 것과 뒤섞이며 자신의 내부를 직접 보았던 것이 결코 꿈이 아니었다. 자신의 모든 것이 녹아내렸다.

녹아내리고 다시 만들어지고, 녹고, 다시 만들어지고. 그 지극히 짧은 시간동안 자신은 수백, 수천 번을 녹고 다시 만들어졌다. 그리고 그 마지막 순간에 백색의… 아니, 그렇게 보인 무언가가 딸려와 자신과 함께 녹아내리고 다시 만들어졌다.

그 백색의 무엇이 어떤 것을 의미하는지는 알 수 없었다. 하지만 분명한 것은 지금 자신의 뇌리에 아주 자연스럽게 떠오르고 있는 모든 내용은 자신이 아닌 백색의 어떤 것에 의한 것이었다.

그리고 이산은 깨달았다. 이제 자신은 매카닉 솔져가 아니라 사람이 된 것을 말이다. 더불어 그 자신이 카이론 에라쿠르네스라는 이름을 가진 백작 가문의 천대 받는 서자가 된 것을 말이다.

이산은 주변을 둘러보았다. 숲이었다. 허리를 숙여 흙을 집었다. 손바닥에 전해지는 느낌이 좋지 않은 질퍽한 토양. 햇빛이 잘 들지 않기에 구부정한 등허리를 묘한 각도로 비튼,

종을 알 수 없는 나무나 하늘 끝까지 솟아 오른 어마어마한 크기의 나무까지.

"오히려 매카닉 슈트가 나을지도."

그에 아주 자연스럽게 본래의 칠흑색의 단단해 보이는 매카닉 슈트가 드러났다. 그리고 그의 눈앞에는 짙은 검은색의 바이저가 자동으로 착용되어 있었다.

이산은 걸음을 옮겼다. 발이 푹푹 들어가는 썩은 내 나는 진흙. 아주 깊은 숲이라는 것을 증명이라도 하듯이 어디에서도 본 적 없는 날파리 같은 곤충이 쉴 새 없이 매카닉 슈트 언저리를 맴돌고 있었다.

타다다닥!

그러다 과감하게 안착을 시도한 깨알만큼 작은 곤충이 마치 전기 파리채에 튀겨지듯 타들어갔다. 타들어간 시체가 그의 발치에 쌓였다. 눈에 보일 정도로 쌓인 새까만 잔재들.

'미확인 곤충. 정보 수집. 흡혈충 크렐.'

자연스럽게 알았다. 또 자연스럽게 깨닫게 되었다. 어째서 자신이 이곳에 있게 되었는지 말이다. 아니, 카이론 에라쿠르네스가 왜 여기에 있게 되었는지에 대해서 말이다.

"집단 따돌림인가? 주모자는… 수아레스 에라쿠르네스. 그렇군, 형… 이로군."

동갑내기 배다른 형인 수아레스 에라쿠르네스. 그의 어머니는 케서린 에라쿠르네즈. 힐데만 백작 가문의 차녀로서 정략결혼한 지금의 정실부인이었다.

반면 카이론 에라쿠르네즈는 첩실의 아들이었다. 그리고 그의 어머니는 자신을 낳다 죽었고.

이렇게 이산의 뇌리에는 무수히 많은 정보가 떠올라 마치 파노라마처럼 눈앞에서 펼쳐지고 있었다.

2m10cm의 당당한 체구였지만 카이론은 소심했다. 그리고 지금까지 단 한 번도 아버지를 아버지라 부르지 못하고 형을 형이라 부르지 못했다. 아버지는 언제나 영주님이나 백작 각하였고, 형은 언제나 도련님이나 공자님 혹은 후계자님이었다.

어쩌면 어렸을 적부터 만들어진 성격이라 할 수 있었다. 카이론은 자신의 인생을 살아본 적도 자신의 의견을 말해본 적도 원래 자신이 받아야 하는 대접조차도 받아본 적이 없었다.

그러하기에 카이론은 가슴속에 불을 품고 있으면서도 나약하고 유약했으며, 자신의 거대한 키와 덩치에 불만을 품고 있었고, 어깨를 활짝 펴고 걸어 다닌 적이 없었다.

엘리시온 아카데미에서도 역시 그러했다. 그 역시 자격이 있었으나, 오로지 형인 수아레스의 수행원 역할을 할 뿐이었다.

이곳은 엘리시온 아카데미 기사부의 마지막 관문이라 할 수 있는 장소였다. 바로 몬스터를 사냥해 그 결과로 기사로서의 자격을 인정받는 실습 교육의 현장이었다.

그리고 마침내 평소 그를 눈엣가시처럼 여기던 그의 의붓형인 수아레스가 일을 저지르고 말았다. 바로 자신의 조에 포함된 카이론을 이 산맥 깊숙한 곳에서 제거하기로 말이다.

이산, 아니 카이론은 그렇게 제거당했다. 하지만 다시 살아났다. 이산 그가 생각하는 블랙홀에 의해 영혼이 융합되고, 화이트홀로 인해 다시 살아난 것이다.

당연히 이산 역시 이전의 매카닉 솔져의 이산이 아니었다. 그의 총은 이미 분해되어 사라진지 오래이고, 그에게 남은 것은 고작 몇 개의 재래식 무기와 카이론이 평소 들고 다니던 언월도 비슷한 무기뿐이었다.

"나는 이산인가? 카이론인가?"

이산은 자리에 다시 주저앉았다. 그의 주변에 다가오는 벌레나 몬스터는 없었다. 세상은 고요했고, 숲 속을 내리쬐는 햇빛은 여전히 따가웠다.

해가 지고 밤이 찾아왔다. 달이 뜨고 별이 떴으며, 세상은 어둠에 잠겨들고 있었다. 몬스터나 야행성 동물들이 움직여야 할 시간이지만 세상은 여전히 고요하기만 했다.

별이 지고, 어둠이 밝아오고, 달이 하얗게 변하며 사라졌다. 어두웠던 세상은 다시 밝음이 찾아왔고, 달과 별이 독차지 했던 하늘은 눈이 부신 태양과 뭉게뭉게 피어 오른 구름이 자리했다.

이산은 움직이지 않았다. 미동조차 하지 않았다. 움직이는 것이라고는 바람결에 흩날리는 그의 머리카락뿐. 밤 동안 머리에 내려앉았던 이슬이 물방울이 되어 떨어져 내렸다.

마침내 이산의 손가락 끝이 움직였다. 고개를 숙이고 눈을 감았던 그의 눈꺼풀이 살며시 움직이며 눈동자가 드러났고, 서서히 고개가 들려졌다. 그는 자신의 손바닥을 보았다.

'검.'

츄리릿!

생각과 함께 손바닥을 통해 튀어 나오는 검은색의 무엇. 가는 실선이 생겨나고 그 실선 좌우에서 브이(V) 모양의 칼날이 솟아났다.

차라라라 착!

그리고 다시 일사분란한 소리를 내며 하나로 합쳐졌다. 양쪽에 날을 가진 검이 완성되었다.

'열전도 나노 튜브 블레이드!'

지금 이산의 손아귀에 형성된 1.5미터 길이에 폭 10센티미터 남짓한 검의 정식 명칭이었다. 어떻게 그것이 가능한지는 몰랐다. 자신은 완전히 인간이 되었으나, 가지고 있던 무기는 여전히 작동하고 있었다.

후우우웅!

그 생각과 함께 그의 손아귀에 쥐어진 블레이드는 고온의 쇳물처럼 선명한 주황색으로 물들며 달궈지기 시작했다. 그리고 마침내 백색의 광휘를 드러내기 시작했다. 이산은 검을 들어 올려 바라보다 가볍게 서너 번 휘저었다.

타다다닥!

무언가 부딪히는 소리. 하지만 이산은 볼 수 있었다. 날파리처럼 깨알 같은 미확인 곤충이 정확하게 반으로 갈라져 자신의 발치에 떨어지는 것을 말이다.

고정된 것을 가르기는 쉽다. 정지된 상태니까. 하지만 바람 따라 이리저리 움직이는 것을 가르기는 쉽지 않다.

그런데 아주 가볍게 정확하게 두 쪽 내고 있었다. 아무렇지도 않게. 그의 전신은 이미 전투 상태에 들어 있었고, 자신의 주변으로 날아든 미확인 곤충을 적으로 인식한 것이다.

"나쁘지 않군."

나쁘지 않은 것이 아니라 훌륭했다. 나노 블레이드가 식으면서 예의 그 검은색 자태를 뽐내다 어느새 그의 손에서 사라졌다. 그리고 이어지는 무기 점검. 그중 가장 주목해야 할 것은 역시 그의 등 뒤에 생성된 기괴한 모양의 무기였다.

마치 과거 삼국지의 맹장 관우가 지녔던 언월도와 같은 모습이지만 또 다른 형태의 기괴한 무기. 그것은 바로 이산이 지니고 있던 저격용 라이플과 카이론이 가지고 있던 할버드가 융합되어 완전히 새롭게 변한 무기였다.

유려하고 날카롭게 휘어진 도신. 길이 3미터, 무게 50kg. 일반적으로 알고 있는 언월도보다는 도신이 더 길었다. 보통은 도신이 3분의 1에서 조금 못 미치는데 이것은 도신이 훨씬 길어 거의 150cm는 족히 되어 보였다.

어째서 저격용 라이플과 할버드가 융합되어서 이곳에는 전혀 볼 수 없는 고대 중국의 언월도가 되었는지는 알 수 없었다. 다만, 녹아내리고 융합하는 과정에서 개입한 자신의 의지 때문일 거라는 짐작만 할 뿐이었다.

이제 지금의 상황을 정리할 때이다.

'이곳은 내가 존재했던 곳이 아니다. 전혀 다른 곳이다. 나는 이산이기도 하고 카이론 에라크루네스이기도 하다. 하지만 여기는 내가 살던 곳이 아니니 카이론 에라크루네스가 되겠지.'

존재가 확정지어졌다. 그 다음은 무엇일까?

'첫 번째 대전제는 살아남는 것. 그러기 위해서는 생존을 위해 먹어야 한다는 것이다.'

인간은 먹어야 산다. 지금 그는 배고픔이라는 것을 별로 느끼지 않았다. 하지만 배고픔이라는 단어를 생각하자 자연적으로 떠오르는 어떠한 정보.

'현재 나의 공복도는 98% 정도로 전혀 배고프지 않은 상태. 에너지 소모량 역시 최소화된 상태이며, 급격한 움직임이 아니고는 추후 음식물 섭취까지 이틀이라는 여유를 가진다.'

하지만 그렇다고 아무것도 하지 않을 수는 없었다. 에너지 충전율이 아닌 공복도에 의해 자연스럽게 뇌리에 떠오르고 있었다. 그것은 언젠가는 에너지가 떨어진다는 것이고, 그때를 대비해야 한다는 것을 의미했기 때문이다.

주변을 둘러본다. 역시 모든 것이 미확인으로 떠오른다. 그러면서도 끊임없이 주변을 관찰하며 지속적으로 움직여 나가는 이산이었다. 3, 4미터 정도의 관목도 보였고, 울긋불긋하고 거무스름한 새끼손톱만 한 열매도 보였으며, 반쯤 썩어 작은 곤충에게 몸을 내어준 나무도 보였다.

중요한 것은 그러한 것이 식량이 되기는 어렵다는 것이다. 그렇다면 역시 사냥뿐이다. 사실 지금 끊임없이 걷는 동안 가끔씩 울리는 정체불명의 새소리 혹은 동물의 울음소리를 들을 수 있었다.

동물의 경우 독이 있다고 치더라도 독을 품은 부위를 도려내면 충분히 먹을 만한 식량이 된다. 동물은 눈으로 확인이 가능한 독을 가졌을 가능성이 높으니 말이다.

숲은 점점 어두워졌다. 이렇게 깊은 숲은 어둠이 빨리 찾아

온다. 오후 네 시면 이미 사방이 어둑해지고 다섯 시면 저녁을 먹어야 하고 여섯 시면 잠자리에 들어야 할 정도의 빽빽한 숲이면 말이다.

이산의 눈이 반짝였다. 그에게 어둠이란 별로 문제가 되지 않는다. 빛이 있는 낮과 전혀 다르지 않았으니 말이다. 신체적으로 모든 것이 달라졌지만 기능은 사라지지 않았다.

생체 바이오 로봇이었던 시절 가지고 있던 모든 능력을 가지고 있는 것이다. 비록 인간화되어 보이지 않았을 뿐, 주변을 정찰하고 정보를 얻는데 전혀 문제될 것이 없었다.

다만, 인간화가 되는 과정에서 미묘하게 틀어진 감각이 있었다. 바로 적응의 문제였다. 과거 인간에서 기계로 되었을 때와 마찬가지로 이번에도 적응해야만 했다. 하나씩 하나씩 적응해 나가면 되는 것이다.

사람들은 그를 사이보그라 부르거나 혹은 프로토타입 알파라 불렀지만 그는 스스로 자신은 여전히 인간이라 생각했다. 하지만 혼자 생각한다고 해서 모든 것이 그렇게 되는 것은 아니다.

사회의 동조가 있어야만 인정된다. 그를 인간이라 생각하는 사람은 자신을 만든 최 박사와 연구원의 극히 일부, 그리고 자신이었다. 결국 그는 냉정한 시선을 받아야만 했다.

인간의 뇌를 가지고는 있으나 전신이 쇠붙이인 기계일 따름이었다. 어차피 신분이 특수 작전을 수행하는 군인이기에 언제나 암호명으로 불렸으나 그렇다 해도 자신을 바라보는 타인의 시선을 느끼지 못할 이유는 없었다.

그런 면에서 지금 전혀 이질적인 세계에 떨어진 이산은 오히려 이곳이 편했다. 자신은 타인보다 조금 강한 인간이 될 수 있을 것 같다는 생각에서였다.

그때, 카이론은 적막한 숲 속에서 울리는 짐승의 것과 같은 그르렁거리는 소리를 들을 수 있었다. 이제 스스로를 카이론이라 부르기로 했다. 바뀌어야 한다면 바뀌는 것이 맞다.

츄리릿. 츄우웅!

맑은 소리가 흘러나오며 그의 오른손과 왼손에 열전도 나노 튜브 블레이드가 튀어나옴과 동시에 백광으로 물들었다. 가볍게 두 개의 열전도 나노 튜브 블레이드를 역수로 쥔 카이론.

그의 움직임이 기민하고 은밀해지기 시작했다. 소리가 난 쪽을 바라보았다. 어둑하고 칙칙한, 그리고 빽빽하게 들어찬 온갖 식물과 나무들 때문에 시야가 제한되었다.

하나, 카이론은 분명히 볼 수 있었다. 어둠 속에서 붉게 번쩍이는 한 쌍의 눈동자를 말이다. 그것을 확인한 순간 카이론의 모습은 서서히 사라지기 시작했다. 아니 주변과 완벽하게 동조되기 시작했다.

은밀하게 움직였다. 어떠한 발자국 소리도 들리지 않았고, 그를 스치는 나뭇잎조차도 소리가 나지 않았다.

'최선의 방어는 공격이다.'

그에 카이론이 먼저 움직였다. 상당한 거리가 떨어져 있었으나 카이론에게는 전혀 멀지 않았다. 은밀하게 소리도 없이 움직였지만 그의 얼굴에는 전혀 힘들다거나 긴장한 것 같은 표정은 없었다.

그리고 마침내 카이론은 붉은 눈동자를 가까이에서 볼 수 있었다. 한 명? 아니 한 마리? 무어라 해야 할지 모르겠다. 돼지 코에 뾰족하게 아래에서 위로 솟아난 이빨.

돼지의 얼굴에 초록색의 피부와 180cm는 되어 보이는 신장. 그리고 피와 살점이 붙어 있는 녹슨 도끼와 강인해 보이는 근육.

'오크로군.'

크르르르.

카이론은 단번에 오크를 알아볼 수 있었다. 그리고 오크는 코를 벌름거리며 나직하게 울부짖었다. 정확하게 자신이 있었던 곳을 향하면서 말이다. 기척을 숨기고 사냥을 하는데 갑자기 사냥감이 사라졌으니… 이것은 분명 당황해하는 행동일 것이다.

'지능이 있다. 하지만 낮고 적대적이다.'

카이론이 내린 결론이었다. 주변을 둘러보았다. 오크는 총 아홉 마리가 있었다. 그들은 홀로 사냥하지 않고 같이 사냥하는 것이다.

'척후로군.'

지능이 낮고 군집 생활을 한다. 하지만 지능이 낮다고 해서 무시할 수 있을 정도는 아니었다. 오크는 척후를 보낼 정도의 전략적인 행동을 할 수 있으니까. 이미 알고 있는 내용이었다. 하지만 새로웠다.

익숙하면서도 신기했지만 지금은 적이다. 이들의 눈동자는 자신을 먹이 그 이상으로 보지 않고 있었다. 그것은 그들에게서 표출되는 기세를 보면 깊이 생각하지 않아도 충분히 알고도 남았다.

'한 마리.'

스걱!

미련을 두지 않았다. 카이론은 그대로 오른손에 들린 열전도 나노 튜브 블레이드를 내려쳤다. 소리도 없었다. 단지 목을 그어 내리는 그 짧은 순간 그의 은신이 풀렸다는 것뿐이었다.

"취이이잇! 적. 이. 다."

딱딱 끊어지는 것 같은 듣기 거북한 목소리가 들려왔다. 남은 여덟 마리의 오크가 일제히 카이론이 있는 곳으로 쏟아져 들어왔다. 하지만 이미 각오하고 있던 카이론인지라 전혀 당황하지 않았다.

4, 5미터 간격으로 있던 오크들이 한꺼번에 카이론을 향해 쇄도해 들었고, 카이론은 기다리지 않고 그들 속을 파고들었다.

스칵!

한 마리의 오크가 비명도 지르지 못한 채 목을 움켜쥐고 쓰러졌다. 그리고 그 오크가 미처 쓰러지기도 전에 카이론이 빙글빙글 회전하며 육중한 근육질의 오크들을 쓸어가고 있었다.

"취헤에엑!"

"취히익. 도, 도망쳐랏!"

"이, 인간. 가, 강하다!"

한순간에 네 마리의 오크를 베었을 즈음. 나머지 오크들이 도저히 상대가 안 됨을 알고 도망치려 했다. 하지만 그들을 그대로 살려 둘 카이론이 아니었다.

살려두면 아마 더 많은 무리를 이끌고 올 것이다. 도망치라는 말에 뒤도 돌아보지 않고 내달리는 오크들. 그러한 돼지 머리 뒤통수에 날카롭게 회전하는 무언가가 박혀 들었다.

"꾸에에엑!"

"케헤엑!"

머리를 관통하고 목이 잘려 나갔다. 짙은 녹색의 체액을 흩뿌리며 그대로 무너지는 다섯 마리의 오크였다.

취리리릿!

임무를 완수한 다섯 개의 무기가 공중을 회전한 후 임무를 마쳤다는 듯이 빠르게 카이론에게 되돌아 왔고, 카이론의 팔꿈치에 스며들 듯 사라졌다. 매케하고 비릿한 냄새가 흘러나왔다.

잠깐 장내를 둘러보던 카이론은 멀지 않은 곳에 있는 거대한 나무를 향해 달려갔고, 그 나무 바로 앞에서 직각으로 뛰어 올라 무성한 이파리 안에 자신의 몸을 숨겼다.

그가 나뭇잎 속으로 몸을 숨긴 것은 비릿한 피 냄새 때문이었다. 세계가 다르다 할지라도 하나는 확실하다. 피 냄새는 포식자를 끌어들인다는 것 말이다.

카이론은 기다렸다. 그리고 그의 예상은 적중했다. 오크들의 시체가 널브러진 곳에 몇몇의 포식자가 모습을 드러낸 것이었다. 한 마리는 눈에 익었다.

마치 과거 지구에 존재했던 검치 호랑이같이 송곳니가 튀어 나와 있었고, 길이는 5미터는 가볍게 넘을 것 같았다. 저런 몸체가 도대체 어떻게 돌아다닐까 생각했지만 그 움직임은 지구의 치타와 다르지 않을 정도 민첩했다.

"꾸어어엉!"

그때, 또 다른 포효가 들려왔다. 마치 사자의 울음소리 같았으나 나타난 모습을 보면 절대 사자가 아니었다. 그 포식자 역시 5미터에 이르는 거대한 크기였고, 날카로운 이빨과 함께 한 손에는 피와 살점이 덕지덕지 붙은 거대한 몽둥이를 들고 있었다.

그 둘은 다름 아닌 숲 속의 제왕이라는 오거와 샤벨 타이거였다. 마치 지구의 전설에서나 나오는 거대한 체구를 지녔고, 검치 호랑이와 다르지 않은 모습을 보이고 있는 몬스터 중의 몬스터.

두 존재가 나타나자 숲 속은 적막이 감돌았다. 그들은 서로가 결코 만만치 않음을 알았는지 일정한 거리를 두고 빙글빙글 돌기 시작했다.

결코 섣불리 움직일 수 없다는 듯이 말이다. 오거는 가끔 한 손에 들고 있는 거대한 몽둥이를 위협적으로 허공에 휘둘렀고, 샤벨 타이거는 날카로운 이빨을 드러내며 으르렁거렸다.

그러다 움직였다. 먼저 움직인 것은 역시 샤벨 타이거였다. 몇 미터의 거리를 한 번의 도약으로 훌쩍 날아올라 오거의 목덜미를 노렸다. 고양이과 동물이어선지 민첩했고 날카로웠다.

하지만 오거 역시 만만찮은 빠른 움직임으로 재빠르게 피

한 후 몽둥이를 휘둘렀다.

퍼걱!

오거의 몽둥이가 샤벨 타이거의 옆구리에 적중했다. 상당한 충격이 가해졌을 것이나 샤벨 타이거는 아랑곳하지 않고 빠르게 몸을 틀어 앞발을 휘둘렀다.

"크으~"

샤벨 타이거의 앞발은 정확하게 오거의 얼굴을 강타했다. 잠시 휘청이는 오거. 기회는 이때다 싶었는지 샤벨 타이거는 다시 오거의 목을 향해 이빨을 들이밀었다.

콰직!

하지만 오거는 일부러 휘청거렸는지 다가오는 샤벨 타이거의 앞발을 두 손으로 잡더니 오히려 역으로 재빠르게 샤벨 타이거의 목을 물어뜯어 버렸다.

크와아앙!

샤벨 타이거가 커다란 비명을 질렀다.

와드드득!

오거는 그대로 샤벨 타이거의 목을 문 입을 잡아 뜯었다. 살점이 떨어져 나오면서 엄청난 양의 피가 쏟아졌다. 샤벨 타이거가 마지막 발악을 했지만 치명상을 당한 상태에서는 오거의 상대가 되지 않았다.

오거는 힘이 빠져 가는 샤벨 타이거를 그대로 땅 위에 패대

기치고 그 위로 올라타더니 피와 살점이 덕지덕지 묻은 몽둥이를 사정없이 휘둘렀다.

픽! 퍼억! 퍼버벅!

오거의 그런 행동은 한참 동안 계속되었다. 샤벨 타이거의 머리가 형태를 알아볼 수 없을 정도로 뭉그러지고 뼈가 부러져 축 처진 후에야 겨우 몽둥이를 멈춘 오거는 일어서서 샤벨 타이거의 사체에 다리를 올리고 커다랗게 외쳤다.

꾸엉! 꾸어엉!

마치 자신의 승리를 널리 알려야 한다는 듯이, 혹은 이 지역은 자신의 구역이니 절대 접근하지 말라는 듯이 말이다. 그렇게 한참 외치던 오거는 죽은 샤벨 타이거의 심장 어림에 손을 푹 집어넣어 심장을 꺼내 씹어 먹었다.

하지만 사체는 먹지 않았다. 인간으로 치면 적의 시체는 먹지 않으나 적의 가장 중요한 심장을 먹음으로써 그 용맹함을 증명하는 그런 원시적인 행동일 것이다.

사체를 먹지 않음은 바로 숫사자가 표범이나 하이에나를 물어 죽이고 먹지 않는 것과 같은 행동이라 할 수 있었다. 상대를 자신의 적수로 인정한 것이다.

오거는 죽은 샤벨 타이거를 쳐다보지도 않고 오크들의 사체를 우걱우걱 씹어 먹었다. 죽은 오크를 눈 깜짝할 사이에 뼈까지 모두 먹어치웠다.

오거의 만찬은 한참 동안 계속되었다. 그리고 마침내 아홉 마리에 달하는 죽은 오크를 모두 먹어치운 후에야 자리에서 일어서 어슬렁거리며 숲 안쪽으로 이동했다.

숲은 다시 적막이 감돌았다. 마치 폭풍우가 휩쓸고 지나간 것 같았다. 카이론은 여전히 경계를 풀지 않았다. 좌에서 우로 또는 우에서 좌로 두 번을 꼼꼼하게 사방을 살폈다.

위험 요소는 없었다. 아직 오거와 샤벨 타이거의 광폭한 싸움의 여파가 남아 있었는지 새소리조차 없었다. 그에 카이론은 경계 자세를 풀고 나무에 걸터앉았다.

그리고 머리 위에 있던 자신의 머리통만 한 열매를 툭 따내는 카이론이었다. 마치 야자와 같았다. 매끈한 겉면과 단단한 껍질. 하지만 카이론에게는 별문제가 되지 않았다.

손가락을 들어 지그시 눌렀다. 그러자 마치 두부에 손가락 들어가듯이 쑥 들어가고 있었다. 반대편에도 구멍을 뚫었다. 그리고 그대로 들고 입속에 부었다. 그 속에는 달콤하기 이를 데 없는 과즙이 들어 있었다.

"맹그롤이었나? 코코넛이랑 다를 바가 없네."

이름이 다르고 생김새를 비롯한 식생조차 달랐지만 맛은 똑같았다. 그에 카이론은 조금 편해졌다. 다를 게 없다는 것이다. 지구에서도 자신은 늘 혼자 움직였다.

그것도 극한 지역으로만 말이다. 인간으로서 도저히 감당

할 수 없는 작전을 수없이 많이 수행했다. 매카닉 솔져가 되기 전 자신은 군인이었으니까. 그것도 특수 임무를 주로 하는.

"달라지는 것은 없다. 똑같이 사람이 사는 곳이니까."

그랬다. 달라지는 것은 없었다. 그는 지구에서도 그리 환영받지 못한 존재였으니까. 이곳 역시 자신은 별로 환영받지 못한 존재였다. 아니 아예 없어졌으면 하는 그런 존재였다.

"하지만 그래도 조금은 화가 나는군."

과즙을 다 마시고 하얀 부분을 짧은 단검으로 파먹던 카이론이 짜증스럽다는 듯이 입을 열었다. 이쪽에서나 저쪽에서나 남의 의지로만 움직여야 하는 자신. 그리고 있는 듯 없는 듯 존재감마저 희미한 자신.

그래서 조금 짜증이 났다. 서서히 또 다른 자아가 생성되고 있었다. 이것은 그 누구도 생각지 못한 일이라 할 것이다. 이산이라는 자아와 카이론 에라크루네스라는 자아가 만나 새로운 자아가 생성되고 있었다.

그 두 자아가 억압되고, 희생적이며 수동적인 자아였다면 이번 자아는 개방적이고 이기적이며, 적극적인 자아라 할 수 있었다. 전혀 반대되는 성질의 자아가 생성되고 있는 것이었다.

"일단 졸업 목표는 채우는 것이 나으려나?"

다 파먹은 코코넛을 툭 던지며 뒤로 팔을 돌려 무성한 나뭇잎 사이로 잠깐잠깐 드러내는 푸른 하늘을 바라보았다. 햇살과 함께 드러나는 그 모습이 눈부신지 카이론은 잠깐 눈을 깜빡이다 잠이 들었다.

*　　*　　*

그 시각, 카이론의 동료이자 형이었던 수아레스를 비롯해 완전무장을 갖춘 20명의 기사는 숲의 한 지점에 당도해 있었다.

"콜린스 교수님. 여기입니다. 여기에서부터 카이론의 흔적이 끊어졌습니다."

"흐음. 지금부터 조를 짜서 이 근처 중심으로 반경 1킬로미터를 수색한다."

"콜린스 교수님, 수색을 그만 포기하시는 게 어떻겠습니까? 분명 조금 전에 수십 마리에 달하는 다이어 울프의 흔적을 보시지 않았습니까?"

"챨스. 아직 살아 있을지 모르는 동료를 포기하자는 것이더냐?"

"솔직히 말씀드려서 그것은 순전히 카이론의 비이상적인 행동 때문이었습니다. 오죽했으면 카이론의 형인 수아레스마저 그를 포기했겠습니까? 그를 버리지 않았다면 전원이 목숨을 잃었을 것입니다."

챨스의 말에 콜린스 교수는 입을 닫았다. 그도 안다. 카이론에 대한 평판이 그리 좋지 않았기 때문이었다. 하지만 콜린스 교수는 그렇다 하더라도 동료를 버리지 말았어야 한다고 생각했다.

콜린스 교수는 마뜩찮은 표정으로 무표정하게 서 있는 수아레스와 챨스를 바라보았다. 콜린스 교수의 시선이 그 둘을 지나쳐 함께했던 7조 조원을 훑었다.

하나, 수아레스나 챨스처럼 자신의 시선을 정면으로 받는 이는 없었다. 마치 무슨 죄를 지은 것처럼 시선을 회피하기에 급급했다. 콜린스 교수가 카이론을 찾아 나선 이유가 바로 여기에 있었다.

'네놈들 대체 무슨 음모를 꾸민 것이냐!'

콜린스 교수가 생각하는 것은 바로 이것이었다. 열여덟. 성인이 되기 전, 한편으로는 지극히 여린 소년의 마지막 단계라 할 수 있었다.

그 시기는 어떻게 보내느냐에 따라 앞으로 어떤 귀족으로 성장할지가 결정되는 중요한 기로였다. 그런데 그들은 정도를 고집하지 않고 외도로 가려하고 있었다.

그러지 않았으면 좋겠는데 어른들의 나쁜 점을 미치도록

잘 흡수하고 있었다. 콜린스 교수 역시 모르지 않았다. 카이론과 수아레스의 관계, 그리고 수아레스와 챨스의 관계를 말이다.

그래서 더욱 카이론을 찾고 싶었다. 세상일이라는 것이 그렇게 쉽지 않다는 것을 알려주기 위해서라도. 혹은 조금은 삐뚤어진 이들의 길을 다시 바로잡기 위해서라도 말이다.

이것은 카이론을 위해서가 아니었다. 어차피 세상사란 약육강식의 세상이다. 강하지 못하면 도태되는 것이 세상사이다. 때문에 콜린스 교수는 카이론을 아깝다 생각하지 않았다.

그는 적응하지 못했고, 때문에 도태되는 것이니까. 하지만 수아레스와 챨스는 꽤 괜찮은 귀족가의 공자였다. 잘 자란다면 이 왕국에 크게 도움이 되는 그런 공자 말이다.

콜린스 교수가 노리는 것은 바로 그것이었다. 수아레스는 변방이기는 하지만 백작 가문의 장자였고, 챨스는 중앙 정계에서도 꽤 알아주는 금력을 가지고 있는 자작 가문의 장자였다.

"그렇다 하더라도 최소한 동료에 대한 예의는 있는 법이다. 수아레스도 마찬가지일 것이다. 동생과 같이 아카데미에 갔는데 동생의 시신조차 가져 오지 않는다면 어찌 그것을 탓하지 않겠느냐?"

딴에는 그러했다. 그에 챨스의 시선이 은밀하게 수아레스

에게 향했다. 수아레스는 미미하게 고개를 끄덕였다. 맞는 말
이었다. 최소한 시신은 아니더라도 가문의 이공자라는 인장
은 찾아야 하지 않겠는가?

"생각이 짧았습니다."

"좋구나. 자신의 잘못을 인정할 수 있는 것은 스스로 자부
심이 있기 때문이다."

"그 말씀. 가슴에 새기겠습니다."

진중하게 말을 하는 수아레스와 챨스였다. 그 모습에 만족
한 웃음을 짓는 콜린스 교수였다. 카이론의 사체를 찾거나 혹
은 그를 찾는 것보다 저 둘을 바라보는 것이 오히려 더 나아
보였다.

*   *   *

"크르르륵!"

툭!

트롤의 목이 툭 떨어졌다. 땅에 쓰러진 트롤을 지나쳐 한
명의 인영이 모습을 드러냈다. 3미터에 달하는 기이한 도를
비껴든 사내. 바로 카이론이었다.

카이론이 신형을 돌렸다. 그리고 물끄러미 피가 새어 나오
고 있는 트롤의 시체를 바라보았다. 무언가 해야 할 것 같은

그의 모습이지만 여전히 미동조차 하지 않았다.

단지 베어진 머리를 툭 차 굴린 후 기형의 언월도를 휘둘렀다. 트롤의 머리가 구르기 시작했고, 목이 잘린 사체는 눈부신 속도로 해체되기 시작했다. 트롤의 머리가 멈출 즈음 트롤이 있던 곳은 아무것도 남아 있지 않았다.

그는 졸업 시험에 필요한 것 이외에 스스로 올린 성과는 모두 당사자에게 귀속됨을 기억해낼 수 있었고, 카이론은 지체 없이 트롤의 사체를 해체한 것이었다.

그래서 현재 카이론의 수중에는 오크의 귀보다는 지금은 트롤의 부산물이 더 많아 보였다. 분명 원래의 카이론 에라크 루네즈의 기억으로는 이곳은 트롤이 서식하는 곳이 아닌 오크의 서식지였음에도 불구하고 말이다.

"잘못된 정보였나?"

나직하게 되뇌며 옆구리에 찬 가죽 주머니, 아카데미에서 제공한 소형 공간 확장 배낭을 열어 트롤의 부산물을 집어넣었다. 그리고 그는 잠시 자신의 전면을 바라보았다. 이미 깊고 깊은 숲 속은 어둠이 깔리기 시작했다.

팔을 들어 시간을 확인하는 카이론. 그의 손목에는 이 세계와 전혀 맞지 않는 전자시계가 채워져 있었다. 로봇으로 이루어진 신체가 재구성되면서 바이저를 통해 보이던 모든 것이 각자의 자리를 찾아갔다.

그리고 그것이 어떠한 형태로든지 신체에 적용되거나 혹은 그가 살았던 시대의 물건의 형태로 드러났다. 지금 그가 주머니에서 꺼내든 마법의 수첩처럼 말이다.

[일시 : 팡게아 대륙력 32014년 8월 4일 PM 04:32.]

[위치 : 카테인 왕국 그랜드 스파인.]

문득 카이론은 카테인 왕국의 지형에 대한 정보를 떠올릴 수 있었다. 카테인 왕국은 팡게아 대륙의 중심에서 약간 벗어난 지역에 위치해 있었다. 북으로는 붉은 제국이라 일컬어지는 하인스 제국과 동토의 제국이라 일컬어지는 카렐리아 제국과 국경을 맞대고 있었다.

그리고 동으로는 타이거의 척추라 불리는 그랜드 스파인과 이웃한 나파즈 왕국과 경계를 이루고 있는 폭 200km 길이 12,650km의 오리엔스 강으로 동, 남, 서가 막혀 있는 섬과 같은 왕국이었다.

오리엔스 강은 카렐리아 제국과 나파즈 왕국, 하인스 제국 등 2개의 제국과 15개의 크고 작은 왕국을 지나는 바다와 같은 강이다. 거대한 강인 만큼 지류도 굉장히 많았는데, 하인스 제국을 관통하는 6,300km의 드래곤 티어즈 강이 대표적이었다.

또한 카테인 왕국의 생김새가 샤벨 타이거가 하인스 제국과 카렐리야 제국을 향해 앞발을 들고 포효하는 듯해서 그랜드 스파인 산맥의 별칭이 타이거의 등뼈 혹은 척추라 일컬어지기도 했다.

카이론 에라크루네스의 영혼이 전해주는 지식에 그는 피식 웃어버렸다.

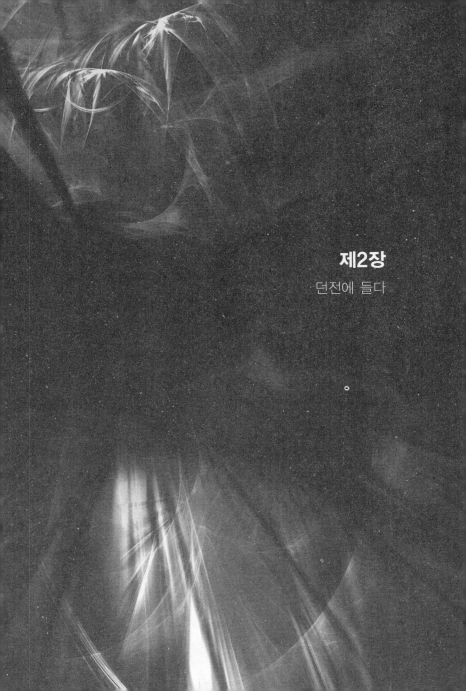

제2장

던전에 들다

Warrior

 아직도 의식의 저 밑에는 카이론 에라크루네스와 이산이
라는 이름이 서로 분리되어 있었다. 그래서 일부러 자신은 카
이론이라고 수없이 되뇌이지만 부지불식간에 그 둘을 나누고
있었다.

 "나는 카이론이다. 카이론 에라크루네스. 그리고 이곳의
기억은 내가 18년 동안 살아온 증거이고, 지구의 기억은 나에
게 주어진 또 다른 축복일 뿐이다. 그런 것이다. 카이론 에라
크루네스."

 그는 스스로 카이론 에라크루네스가 되고자 했다. 카테인

왕국 귀족 가문의 서자이며, 집단 따돌림을 당해 죽음의 위기에 직면한 열여덟 살의 카이론 말이다.

카이론은 숨을 크게 들이 쉬었다. 그리고 전면을 바라보았다. 이미 졸업을 위한 과제는 완벽하게 완료했다. 이제 돌아가야 했다.

아직 그가 망설이는 이유는 아직 자신은 카이론이 되지 못했기 때문이었다. 카이론이 되어야만 한다. 완벽하게. 이산이라는 이름은 잊어야만 한다.

저벅!

그가 걸음을 옮겼다. 이미 날은 어두워지고 있었다. 깊은 산중의 어둠은 빠르게 찾아오기에 야영할 자리를 찾아야만 했다. 그리고 얼마 걷지 않아 그는 하루 정도 쉴 수 있는 동굴을 발견할 수 있었다. 카이론은 망설임 없이 동굴 안으로 걸음을 옮겼다.

칠흑 같은 어둠을 간직한 동굴. 동굴 안쪽에서 메마른 공기가 훅하면서 카이론의 얼굴을 훑고 지나갔다. 카이론은 살짝 인상을 찌푸렸다. 무언가 불길한 느낌.

카이론은 시각과 청각 그리고 후각에 집중했다. 그러자 어둠 속에서도 서서히 공간이 드러났다. 그리고 그의 시각을 사로잡는 것은 교묘하게 숨겨진 계단이었다.

그의 정밀한 눈이 아니었다면 결코 찾아내지 못했을 것이다. 아마 그냥 동굴의 바닥쯤으로 생각했을 가능성이 높았다. 계단이 매우 울퉁불퉁했고, 여기저기 어지러이 널린 동물의 뼈까지 있었기 때문이다.

카이론은 잠시도 망설이지 않고 계단을 향해 발걸음을 옮겼다. 그저 아무 생각 없이 움직이는 것 같았으나 실제 그는 오감은 동굴의 모든 것을 세세하게 살피고 있었다.

계단은 나선형으로 돌며 아래쪽으로 이어져 있었고, 통로는 어른 한 명이 어렵지 않게 지나갈 수 있을 정도로 충분히 넓어서 걷는 데 크게 불편하지는 않았다.

계단을 밟으며 통로를 걷는 내내 처음 느꼈던 그런 무언가의 불길한 느낌은 사라졌고, 어찌 보면 굉장히 쾌적하다는 생각마저 들었다.

그러한 카이론의 생각은 틀리지 않았던 모양인지 그의 감각에 특별하게 걸리는 것은 없었다. 오히려 밑으로 내려갈수록 쾌적하고 약간은 마른 듯한 공기가 폐부를 파고들었다.

얼마를 걸어서 내려왔을까? 나선형으로 이루어졌던 계단은 서서히 그 끝을 보였고, 마침내 약간 넓어진 공간을 만날 수 있었다. 카이론은 그 문을 예의 주시한 후 조심스럽게 다가가 다시 유심히 주변을 살폈다.

그런데 다시 미묘하게 전해지는 감각이 있었다. 바로 육감이었다. 인간이 되면서 수치화되어 나타나던 것은 서서히 사라지고 있었고, 대신 육감을 얻었다. 여전히 적응 중이지만 무언가 불쾌한 감각이었다.

아마도 던전의 시작은 바로 이곳인 듯했다. 카이론은 크게 숨을 들이 쉬었다. 그리고 던전의 문을 밀었다. 지극하게 단순한 행동이었지만 실제는 그리 단순한 행동이 아니었다. 카이론이 던전의 문 앞에서 유심히 주변을 살핀 이유가 바로 거기에 있었다.

대부분 이런 던전에 숨겨진 장치가 있게 마련이다. 그리고 카이론은 그것을 상기해냈고, 주변을 살폈으며, 그의 예리한 눈과 미묘하게 전해지는 감각으로 발을 벌리는 넓이와 발끝이 향하는 위치를 조정했다.

그리고 손바닥이 향하는 위치도 모두 달랐다. 그 위치에 발과 손을 대고 약간의 마나를 불어 넣어야만 문은 열리게 되어 있었다. 그리고 그는 오래된 바위처럼 보이는 돌이 마계의 금속이라는 아다만타이트라는 금속이라는 것을 알 수 있었다.

그가 이리도 쉽게 던전의 문을 열고, 던전 문의 재질을 알 수 있었던 연유는 카이론 에라크루네스는 어려서부터 이복형을 보좌하기 위해 철저하게 교육을 받았기 때문이다. 카이론은 덩치에 맞지 않게 소심한 대신 박학다식했다. 물론 그것은 바로 형인 수아레스를 보좌하기 위해서 강제적으로 주입된 지식이었지만 말이다.

그래도 지금의 상황에서 그렇게 방대하게 주입된 지식은 상당히 빛을 발하고 있었다. 아마도 무식하게 문을 파괴하고자 했다면 아무리 카이론이라 해도 결코 쉽지 않았을 터이니 말이다.

"그그그극!"

문이 열렸다. 아주 활짝 열렸다. 그리고 어둠을 뚫고 무언가 카이론을 향해 빛살처럼 쏘아져 나왔고, 카이론은 그저 간단한 동작 하나로 피해냈다.

"스켈레톤인가……."

카이론은 기억을 더듬었다.

─스켈레톤.

언데드 몬스터의 일종으로 해골에 흑마법사가 가짜 생명을 부여해 움직이게 하는 몬스터. 자신의 의지는 조금도 없으며, 주입된 목적의식이 약해지는 경우도 없다. 좀비보다 이동속도가 빠르고 검, 몽둥이, 활 그리고 갑옷과 방패를 사용한다.

방금 전 카이론을 향해 쏘아낸 것은 스켈레톤 아처의 화살이었다. 생각을 끝낸 카이론은 움직이기 시작했다. 공간은 상당히 넓었기에 중병이자 장병인 기형의 언월도를 꺼내들었다.

파각!

웬만한 도검으로는 상처조차 주지 못하는 스켈레톤 아처의 두개골이 갈라짐과 동시에 가루가 되어 흩어졌다. 또 하나의 화살이 날아왔다. 아니, 수십의 화살이 날아왔다.

카이론의 눈이 반짝 빛나면서 화살을 날리는 스켈레톤 아처가 있는 곳으로 향했다. 물론 스켈레톤 아처를 제거하기 위해서는 녹슨 검과 허름한 방패를 들고 있는 스켈레톤을 제거해야만 했다.

'플라즈마 블레이드!'

외칠 필요도 없었다. 그저 생각하는 것만으로도 모든 것이 이루어지고 있었다. 바로 그 순간 카이론의 언월도에서 시리도록 하얀 백광이 뿜어져 나왔다.

"끼아아악!"

순간 스켈레톤의 뼈밖에 없는 입에서는 기괴한 소리가 흘러나왔다. 극한의 열기로 인해 언월도가 지나가는 궤적을 따라 흔적도 없이 소멸해 버리는 스켈레톤이었다.

언데드를 죽일 수 있는 것은 불과 신성력. 카이론의 언월도에 서린 1.5m의 플라즈마 블레이드는 극한의 열기다. 애초에 하급 언데드 따위가 견뎌낼 수 있는 수준의 것이 아니었다.

순식간에 수십의 스켈레톤과 스켈레톤 아처를 녹여 버린 카이론은 언월도에 서린 플라즈마 블레이드의 크기를 줄였다. 강력할 필요가 없었다. 이 정도의 언데드라면 그리 큰 힘을 소모할 필요가 없었기 때문이었다.

카이론의 언월도에 희미한 빛이 어렸다. 백광으로 타오르는 염화의 불길. 그렇게 카이론은 던전의 내부로 빨리듯 사라졌다. 1층부터 7층까지 온통 스켈레톤 천지였다.

하지만 각 층마다 널리고 널린 스켈레톤을 카이론은 단 한 개체도 살려 두지 않았다. 카이론의 영혼 깊숙히 잔재하고 있는 흑마법에 대한 본능적 거부감 때문이었다. 그리고 이로 인해 얻은 이득도 있었다.

7층까지 오는 동안 카이론은 이미 완벽하게 언월도의 사용법을 익히게 되었고, 열전도 나노 튜브 블레이드 및 자신의 에너지원이었던 플라즈마를 완벽하게 활용할 수 있게 되었으니 말이다.

카이론은 점점 더 깊이 내려갔다. 8층에서는 스켈레톤 나이트와 스켈레톤 메이지가 나왔고, 9층에서는 한 단계 업그레이드된 본 나이트와 본 메이지가 추가되었다.

하지만 그렇다 하더라도 그들이 카이론의 상대가 될 수는 없었다. 이미 카이론과 이산이 합쳐지며 모든 면에서 인간의 한계를 뛰어 넘은 것은 물론이고, 이곳까지 오면서 플라즈마 쉴드까지 익힌 카이론이었다.

조금 더 짙어진 카이론의 플라즈마 블레이드. 조금 더 선명해진 플라즈마 쉴드. 본 메이지는 오히려 튕겨져 나온 자신의 마법에 데미지를 입어 불타고 있었으며, 본 나이트는 촛농처럼 녹아 땅으로 흡수되고 있었다.

쿠우웅!

카이론은 다음 층으로 내려가는 길을 막고 있는 본 메이지와 본 나이트를 향해 해머를 찍듯이 언월도를 내려쳤다. 그리고 언월도의 플라즈마 블레이드가 던전 바닥에 작렬하는 순간 언데드는 물론 거대한 문까지 완벽하게 분쇄해 버렸다.

던전 내부는 엄청난 먼지에 휩싸였고, 오랫동안 바위 위에서 한 치의 움직임도 보이지 않던 먼지까지 우수수 떨어져 내렸다. 그리고 사방으로 떠오른 먼지가 가라앉기 까지는 꽤나 오랜 시간이 소요되었다.

그 속에서 언월도를 비껴들고 먼지가 가라앉기만을 기다리는 카이온. 그의 시선은 여전히 시커멓게 입을 벌리고 있는 다음 층으로 내려가는 계단이었다.

먼지가 다 가라앉을 즈음 카이론은 언월도를 비껴든 채 걸음을 옮겼다. 카이론이 계단의 중간쯤 도착했을 때 적막에 휩싸인 던전 내부에서 말발굽 소리가 울려 퍼졌다.

"말발굽 소리라……."

나직하게 되뇌는 카이론.

—데스 나이트.

소드 마스터가 깊은 원한에 의해 스스로 언데드가 되면서 탄생한다. 생전 그대로의 힘을 지닌 채로 부패되지 않는 육체로 살아가는 것이 가능한 언데드.

그만큼 일반 언데드와는 비교도 할 수 없는 강력한 힘을 지녔으며, 일반 언데드와는 달리 빛에서 생활이 가능하지만 재생 능력은 없으며, 마나와 함께 암흑의 힘이 함께 작용하는 강력한 언데드다.

다각! 다각! 다각!

말발굽 소리가 점점 크게 들리며 급속도로 그 존재감이 커졌다. 그리고 카이론이 아래로 내려갈수록 희미한 안개가 점점 짙어지고 있었다. 차갑고 어두운 데스 나이트의 기운과 카이론의 언월도와 신체에 걸린 플라즈마의 기운이 충돌해서 생겨난 안개라 할 수 있었다.

다가닥! 다가닥!

마침내 카이론이 마지막 층에 발을 내디딜 즈음 데스 나이트의 모습 역시 드러났다.

전신으로 검은색 오러를 뿌려대며 검은 풀 헬름과 검은 풀 플레이트 아머를 입은 기사의 모습을 한 데스 나이트가 투 핸드 소드를 등에 멘 채 칠흑처럼 빛나는 해골마 위에서 오연하게 내려다보고 있었다.

확실히 지금까지 카이론이 상대했던 몬스터와는 내뿜는 기세부터 확연히 달랐다. 전신에서 뿜어져 나오는 암흑 마나의 일렁임이 일반적인 수준이 아님을 드러내고 있었다.

"이, 인… 간! 주욱이인다!"

인간이었을 적의 모든 능력을 가졌다고는 하지만 언데드는 언데드. 발음이 정확하지 못하고 늘어지거나 혹은 마디마디가 끊어지는 듯한 느낌을 주는 음성이었다.

카이론은 긴장했다. 지금까지의 언데드 몬스터와는 전혀 다른 모습. 그리고 이 세계에서 검의 정점, 혹은 검의 스승이라 불리는 소드 마스터가 원념에 의해 암흑에 물든, 검사로서 최고의 수준을 경험해야 하기 때문이었다.

언데드는 기본적으로 인간에게 적대적인 의지를 가진 존재. 당연히 언데드 앞에서 인간은 죽음 이외에는 선택할 여지조차 없는 것이었다.

"차핫!"

카이론이 먼저 움직였다. 카이론의 언월도가 3개로 불어나면서 마치 데스 나이트를 순식간에 세 토막 낼 듯 날카롭게 움직였다.

"어. 리. 석. 은!"

순간 데스 나이트의 투 핸드 소드가 번개같이 휘둘러지면서 카이론의 공격을 산산이 부수고 도리어 카이론을 향해 매섭게 찔러 들어왔다.

"역시……."

이미 자신의 공격이 막힐 줄 알았다는 듯이 카이론은 가볍게 고개를 끄덕이며 몸을 가볍게 돌려 데스 나이트의 공격권에서 벗어났다.

파카강!

데스 나이트의 검이 지나간 자리에 길게 검은 선이 그어졌다. 카이론은 가볍게 그곳을 일별한 후 데스 나이트를 바라보았다. 여전히 해골마 위에 앉은 데스 나이트의 투 핸드 소드에는 암흑의 오러가 넘실거렸다.

"이것이 소드 마스터라는 것인가?"

이 세계에 들어선 이후로 처음으로 자신의 일격이 실패했다. 아니 오히려 손해를 봤다고 해도 과언이 아니었다.

데스 나이트가 투 핸드 소드를 휘둘렀다. 느리지만 절대 느리지 않았다. 데스 나이트의 투 핸드 소드는 어느새 카이론의 지척에 도달했고, 카이론 역시 지체하지 않고 언월도를 들어 비껴 흘리고는 무게 중심을 낮추어 다시금 언월도를 휘둘렀다.

샤하아악!

날카로운 소리가 흘러나왔다. 어느새 데스 나이트는 말의 고삐를 잡아 당겨 카이론의 언월도를 피해내고 있었다.

그리고 이어지는 데스 나이트의 반격!

키히히힝!

기묘한 말의 울음소리. 앞발을 들어 올렸던 해골마가 카이론을 찍어 내렸다.

콰카강!

카이론은 뒤로 물러났다. 마치 뒤에서 누가 잡아당기기라도 하듯이 중심이 전혀 잡히지 않은 상태에서 쭈욱 물러났고, 그가 있던 자리에는 두 개의 구덩이가 움푹 파였다.

카이론이 물러남에 해골마가 앞발을 찼고, 여전히 간격을 유지하고 있는 데스 나이트의 투 핸드 소드가 지체 없이 카이론의 머리를 쪼개 버릴 듯한 기세로 쇄도했다.

카이론은 언월도를 비스듬하게 들어 데스 나이트의 공격을 흘렸다.

카가가가강!

한 번의 부딪힘에 수없이 많은 소리와 맹렬한 검고 흰 불똥이 사방의 튀어 올랐다.

"크흐으음!"

공격한 쪽은 데스 나이트였으나 신음 소리는 되려 데스 나이트 쪽에서 흘러나왔다. 연유는 카이론의 언월도에 서린 기운이 가장 순수한 불의 정화였기 때문이었다.

아무리 데스 나이트가 전생에 소드 마스터였고, 전생의 힘을 그대로 사용할 수 있는 언데드라고 하지만 인간이 아닌 언데드였다. 흑마법에 의해 만들어진 언데드 말이다.

결국은 마계의 마족이 아닌 이상 데스 나이트에 깃든 암흑의 마나는 순수할 수 없었다. 그러하니 인간일 때보다 강력한 공격력을 가진다 해도 가장 순수한 불의 정화를 넘어설 수는 없었다.

때문에 오히려 카이론을 내려쳤던 데스 나이트의 검에 이가 빠지면서 미세한 균열이 발생하였고, 그 충격은 고스란히 데스 나이트에게 전달된 것이었다.

하지만 데스 나이트는 결코 공격을 멈추지 않았다. 눈앞에 있는 인간은 반드시 죽여야만 하는 존재였으니 말이다. 튕겨져 나간 투 핸드 소드를 갈무리하고 다시 좌에서 우로 그어 내렸다.

콰아앙!

데스 나이트의 검이 던전의 벽면을 때렸다. 어느새 카이론은 던전 벽면까지 밀렸지만 동체시력으로 쫓을 수 없을 정도의 빠른 움직임으로 데스 나이트의 일격을 피해냈다.

던전의 벽면이 움푹 파이며 돌가루가 먼지처럼 날렸다. 파인 주변으로 균열이 일어났으며, 거미줄처럼 쩍쩍 갈라졌다. 방금 데스 나이트의 일검은 지극히 동작이 크다.

투 핸드 소드를 오른손에 들었는데 좌상에서 우하로 그어 내렸다는 것은 그만큼 틈이 많다는 것을 의미했다. 마치 마법사의 블링크처럼 벽면에서 사라져 데스 나이트를 피해낸 카이론.

그가 나타난 지점은 바로 데스 나이트의 등 뒤였다. 그리고 그의 언월도에는 지금까지와는 다르게 조금은 더 짙어진 백염이 타오르고 있었다. 선명하고 화려한 백염 말이다.

위험을 느꼈을까? 데스 나이트의 신형이 돌려세워졌다. 하지만 늦었다. 카이론의 언월도는 너무나도 수월하게 데스 나이트의 해골마의 정중앙에서부터 그어 올렸다.

그가가가각!

해골마와 함께 정확하게 하나의 선이 형성되었다. 모든 것이 검은색인 데스 나이트와 해골마. 그 중앙을 가르는 뚜렷한 흰색의 선.

"크하아악! 아안. 돼에!"

순간 정중앙의 뚜렷한 흰색의 선에서부터 눈부시게 밝은 빛이 사방으로 솟아나더니 종내에는 해골마와 데스 나이트를 집어 삼켜 버렸다.

투둑!

그리고 떨어져 내리는 두 개의 물건. 데스 나이트가 들고 있던 투 핸드 소드와 양장으로 되어 있는 두터운 책자였다. 카이론은 책자를 집어 들었다.

'록사르 쯔바이한더.'

한 줄의 글귀가 적혀 있었다. 팡게아 대륙력으로 보자면 초기 고대 언어였다. 신들의 전쟁과 팡게아 대륙의 탄생을 기록한 고대어 말이다. 한데, 아주 자연스럽게 그 글귀를 읽을 수 있었다.

책자를 주욱 훑어보았다. 록사르 쯔바이한더. 이것은 데스 나이트의 이름이었다. 그리고 이 책은 그의 생전의 일기로, 그가 들고 있던 2.8m의 투 핸드 소드의 사용법과 마나 호흡법을 적어 놓은 일종의 무서(武書)같은 것이었다.

'쯔바이한더. 투 핸드 소드.'

둘 다 같은 말이다. 적어도 이산이 살았던 지구에서는 말이다. 하지만 이곳에서는 달랐다. 쯔바이한더는 가문의 이름이었다. 무언가 가물가물해지는 카이론이었다.

책자는 야전 배낭인 백팩에 갈무리하고, 쯔바이한더—카이론은 투 핸드 소드를 쯔바이한더라 부르기로 했다—는 등에 걸쳤다. 언월도가 50kg, 쯔바이한더가 9kg. 총 59kg을 등에 매달았지만 별로 무거워하는 표정이 아닌 카이론이었다.

카이론은 던전 내부를 둘러보았다. 그가 알고 있는 정보로 이런 던전에는 반드시 유물이 있었기 때문이었다. 하지만 아무엇도 찾을 수 없었다. 그저 마지막 층일 뿐이었다.

문득 카이론은 던전의 벽면에 손을 가져다 대었다. 그리고 넓고 넓은 던전을 돌기 시작했다. 눈을 감고 손가락 끝에 전해지는 느낌에 집중했다. 그러기를 수십 분.

우뚝!

카이론이 멈춰 섰다.

그리고 서서히 뒤로 물러났다. 무언가 이상한 느낌. 조금 전 데스 나이트와는 비교조차 할 수 없을 정도의 존재감이 느껴졌다. 이곳이 마지막 층이라 생각했다. 데스 나이트가 마지막이라 생각했다.

그런데 아니었다. 무언가 다른 존재가 있었다. 카이론이 던전의 마지막 층 중간 즈음에 도착했을 때, 어둠 속에서 무언가 움직였다. 그리고 어둠 속에서 붉은 빛이 드러났다.

5m에 이르는 거대한 신장.

이마에 붉은 보석이 박혀 있는 해골 몬스터!

리치였다. 그것도 데미 갓 리치!

—데미 갓 리치

리치는 불사의 몬스터 혹은 죽은 자들의 왕이라 불림. 6서클 이상의 마법사가 스스로 언데드가 되는 경우가 리치이며, 그 리치가 강대한 힘을 얻어 진화한 것이 바로 데미 갓 리치다.

리치 때와는 다르게 데미 갓 리치는 인간의 감정과 이성을 가지고 있으며 오랜 삶 속에서 유희를 즐기기도 한다. 고대 시절 존재했던 데미 갓 리치 네크란시오는 에인션트 드래곤 칼리타고르와 오랜 친분을 유지하기도 했다.

데미 갓 리치는 호기심이 매우 강한 존재로 지적인 탐구를 매우 즐겨한다. 가끔 인간을 만나면 수수께끼 같은 문제를 내어 그 호기심을 채우기도 한다.

"누구인가? 나의 길고 긴 수면을 깨뜨린 자가……."

던전 가득히 울려 퍼지는 사이한 음성. 아니 어쩌면 성스럽게 여겨지기도 했다. 정신력이 뛰어나지 않는 자는 그 자리에서 무릎을 꿇고 데미 갓 리치의 발치에 입을 맞추었으리라.

데미 갓 리치의 퀭하게 뚫린 동공이 자신의 아래에서 오연하게 자신을 바라보는 인간에게로 향했다. 카이론 역시 고개를 슬쩍 들어 올려 데미 갓 리치를 바라보았다. 카이론을 바라보는 데미 갓 리치의 퀭하게 뚫린 동공에 이채의 눈빛이 떠올랐다.

"한 개의 신체에 두 개의 영혼이라. 흥미롭구나."

데미 갓 리치가 검은색으로 뻥 뚫린 동공에 이채의 눈빛을 띤 건 바로 그 이유였다. 데미 갓 리치는 인간의 감정을 가진 자. 죽은 자들의 왕이며 이성을 가진 존재였다.

인간은 대적할 수조차 없을 정도로 사악하며, 인간이 지닌 검은 욕망보다 더한 욕망으로 똘똘 뭉쳐 있는 존재. 하지만 실제 카이론이 받은 느낌은 인간의 현자와 같은 그런 느낌이었다.

한마디로 전혀 적대감이 느껴지지 않았다는 것이다. 방금 전의 데스 나이트는 오로지 파멸과 죽음, 그리고 증오와 타락만이 존재했던 반면에 지금 자신의 앞에 모습을 드러낸 데미 갓 리치는 전혀 그런 느낌이 들지 않았다.

어쩌면 이것이 더 무서운 적일지도 몰랐다. 때문에 카이론은 결코 긴장의 끈을 놓치지 않았다. 보이는 적은 쉽게 대처할 수 있으나 보이지 않는 적은 대처하기 힘들기 때문이었다.

카이론은 언월도를 아래로 내리고 비스듬히 선 후 데미 갓 리치를 바라보았다.

"가식인가?"

"가식으로 보이나?"

"내 알기로 데미 갓 리치는 인간의 감정과 이성을 지니고 있다 들었다. 옛말에 열 길 물속은 알아도 한 길 사람 속은 모른다 했으니 지금 보이는 모습이 당신의 진실한 모습이라고 장담할 수는 없을 것이다."

카이론의 말에 고개를 갸웃하는 데미 갓 리치였다. 이해할 수 없었던 것이다.

"한 길? 열 길? 무엇을 나타내는 말인가?"

궁금한 듯한 데미 갓 리치의 얼굴이었다. 뼈만 남은 얼굴에 어찌 표정이 살아 있겠느냐만 분명 데미 갓 리치의 해골은 그런 의문의 표정을 지어보였다.

"내가 왜 설명해 줘야 하지?"

"무엇을 원하는가?"

"거래를 하자는 것인가?"

"어떤 것이든 좋다. 그대의 현기 어린 말의 의미를 알 수 있다면."

역시 그랬다. 데미 갓 리치는 지극히 호기심이 많고 지적인 탐구를 즐겨하는 이단적인 존재였다. 카이론 역시 흥미가 돋았다. 어쩌면 언데드에 대한 이 세계의 고정적인 관념이 틀렸을 수도 있을 것 같았다.

그렇게 데미 갓 리치에 대해 생각하던 중, 고대 드래곤과 친했던 어느 리치에까지 생각이 미쳤다.

"인크레시아……."

카이론은 자신도 모르게 중얼거렸다.

"인크레시아? 인크레시아라고 그랬는가? 인간이 인크레시아를 도대체 어찌 알고 있는 거지?"

연속적으로 질문을 쏟아내는 데미 갓 리치였다. 순간 정신이 퍼뜩 든 카이론이 그를 바라보았다. 데미 갓 리치는 조금 더 격앙되고 있었다. 그의 심장은 무한한 감정이 휘몰아치고 있었으며 뇌는 끝없는 탐구욕에 불타오르고 있었다.

카이론은 질문에 대한 대답이 아니라 자신의 이름을 건넸다.

"카테인 왕국 에라크루네스 백작 가문의 서자인 카이론 에라크루네스라 한다."

"오~ 그러한가? 그렇지. 지식을 탐구하는 자가 자신의 존재를 밝히지 않을 이유가 없음이지. 마신의 맹약자이자 중간계에 존재하는 죽은 자들의 왕, 네크란시오 팔레스바인이라 한다."

데미 갓 리치의 소개에 눈을 크게 뜨는 카이론이었다.

"혹시……?"

"맞도다. 나는 에인션트 드래곤 칼리타고르와 친우였도다."

고대에서부터 있어왔던 존재. 전설에 등장하는 인물이었다. 그렇다고 기가 꺾일 카이론은 분명 아니다.

"서로의 존재를 밝혔음이니 이제 거래를 할 시간이도다. 인크레시아를 아는가?"

"안다."

"어찌 아는가?"

"천재의 기억보다 바보의 기록이 정확하다는 말이 있다."

"오오! 멋진 말이로다. 그렇지! 역사를 발전시키는 이들은 뛰어나기 그지없도다. 그러나 그들은 사라졌고, 남는 것은 그들의 뒤를 조용히 따라다니던 사관들이로다. 훌륭하도다. 훌륭하도다."

무엇이 그리 좋은지 데미 갓 리치 네크란시오는 고개를 덜그럭거리며 격하게 동의를 표하고 있었다. 그는 지금 무척이나 기분이 좋았다. 과거 이미 수천 년 전에 마나의 품으로 돌아간 오랜 친우 칼리타고르 이후 처음 지식을 탐구할 자가 생겼으니 말이다.

물론 던전에 든 자나 무리는 몇 있었다. 하지만 데스 나이트가 지키는 층까지도 도달하지 못했으며, 자신의 기나긴 잠을 깨우는 자는 없었다. 그런데 지금 살아 있는 인간과 대화하고 있는 것이다.

"그것으로 충분하도다. 그대는 나의 오랜 친우였던 칼리타고르의 보물창고 인크레시아를 받을 충분한 자격이 있도다."

통이 상당히 큰 데미 갓 리치였다. 인크레시아란 드래곤의 아공간이라 할 수 있었다. 그것도 드래곤의 온갖 보물이 산더미처럼 쌓여 있는 보물창고 말이다.

"하나, 아직 나에게는 풀리지 않은 의문이 있도다."

"길이란 성인 남성의 키만 한 거리를 말한다."

"호오~ 그렇다는 말인가?"

그러더니 입을 다물었다. 그는 깊은 생각에 잠겼다. 카이론이 던진 말은 그에게 있어 어떤 화두와 같은 것이라 할 수 있었다. 물론 이 세계에는 화두라는 말은 없겠으나 뭐 어떤가.

그러기를 한참. 마침내 데미 갓 리치 네크란시오가 탄성이 깃든 음성을 내뱉었다.

"놀랍도다. 놀랍고도 또 놀라도다. 어찌 이리도 인간의 심성을 관통하는 현기 어린 말이 전해질 수 있다는 말인가?"

데미 갓 리치 네크란시오는 감탄하고 또한 놀랐다. 인간의 심성을 그대로 관통하는 말이었다. 성인 남성 열 명의 키가 합해진 깊고 탁한 물속은 들여다 볼 수 있으나 겨우 한 사람의 키에 해당하는 인간의 마음속은 알 수 없다는 뜻.

이 얼마나 대단한 말인가? 그가 누천년을 살아오면서 이리도 인간의 심성을 직설적으로 관통하는 말은 들어 본적이 없었다.

"그러하도다. 인간의 마음을 알 수 없도다. 내 인간의 감정과 이성을 가졌으나 끊임없이 고민하고 또 고민했던 바 이제야 그 답을 위한 하나의 단서를 찾은 것 같도다. 옳도다. 옳도다. 인간의 마음은 알 수 없도다. 이 세계의 모든 불확실성은 바로 인간의 마음과 같은 불완전함에서 오는 것이었도다. 그대는… 그대는 마법 보고 인크레시아를 받을 자격이 있도다."

혼자 북 치고 장구 치고 다 한다. 하지만 한편으로는 궁금하기는 했다. 과연 드래곤의 마법보고 인크레시아는 어떻게 생겼는지 혹은 그 안은 어떤 것이 들어 있을지가 말이다.

데미 갓 리치 네크란시오가 뼈다귀만 남은 손가락을 카이론에게로 향했다. 그 순간 무언가 검은색의 구체가 카이론을 향해 날아왔고, 마치 스며들듯이 카이론의 눈썹과 눈썹 사이의 미간으로 사라졌다.

"되었노라."

데미 갓 리치 네크란시오가 뼈만 남은 손가락을 내렸다. 카이론은 느낄 수 있었다. 무언가가 자신의 소유로 넘어온 것을 말이다. 그리고 의문이 들었다. 말 한마디에 주저 없이 드래곤의 마법 보고를 자신에게 넘긴 것에 대한 의문 말이다.

"아깝지 않나?"

"무엇이 말인가?"

"드래곤의 보고다. 나에게 준 것이 아깝지 않느냐고 묻는 것이다."

"물질이란 그러한 것이도다. 돌고 도는 것. 언젠가는 너에게 전해준 인크레시아가 다시 돌아올 것이로다."

"죽으면 되돌아간다는 것인가?"

"그것이 세상의 이치인가 하노라."

"그렇군."

간단하게 인정해 버리는 카이론이었다. 과거의 이산과 합쳐지기 전의 카이론이었다면 이리도 담담하지 못했을 것이다. 그러한 카이론의 태도에 오히려 의문을 제기하는 데미 갓 리치 네크란시오였다.

"의외로 담담하도다."

"실감이 나지 않아서. 놀라야 하는가?"

"확실히 그대는 남다른 인간이로다. 실체를 느끼고 싶은 것인가?"

"역시 아직까지는 내 것이 아니라는 말이로군."

카이론의 말에 뼈만 남은 해골이 웃는 것 같은 느낌이 들었다.

"그러하도다. 실체를 가지기 위해서는 관문이 존재하는 법이로다."

"관문이라……."

"힘이든 보물이든 가질만한 자격이 있어야 함이로다. 첫 번째 관문이로다."

역시 그랬다. 관문이라는 것. 그것은 바로 시험이라고 할 수 있었다. 드래곤의 마법 보고를 가볍게 넘겨줄 수는 없는 법이니까 말이다.

"묻겠노라. 믿음이란 무엇인가?"

"서로에 대한 확고한 의지를 진리로서 받아들임이다."

카이론의 말에 미지근하게 반응하는 네크란시오. 이해가 안 되는 것이다. 어떻게 보면 이것은 카이론의 고차원적인 언어적 유희라 할 수 있었다. 마치 화두와 같은 것 말이다.

"애매한 대답이로다."

"애매한가? 애매할 것 없다. 믿음이란 서로에 대한 존재의 확인. 네가 말했듯이 인간은 불완전한 존재이다. 불완전하기에 끊임없이 그 존재를 증명해야만 했다. 그래서 니체라는 현자는 인간은 중간자적인 존재라 명명했을 정도이니까 말이다."

중간자적인 존재. 참으로 알쏭달쏭한 말이라 할 수 있었다. 하지만 분명한 것은 그것보다 더 인간을 잘 설명한 것은 없다는 것이다. 악인이 될 수도 현인이 될 수도 있고, 동물보다 못한 사람이 될 수도 있으며 천사라 불릴 수도 있으니.

"중간자. 옳구나. 인간은 중간자이다. 그러해서 인간이 대부분을 차지하는 이곳을 중간계로 일컬음이다. 그러하구나. 신이 정한 이곳은 하다못해 작은 부분이라 할지라도 그 효용이 있음이로구나."

그 말과 함께 데미 갓 리치의 전신에서 어둠보다 더 어두운 음영이 치솟아 올랐다. 카이론은 때로는 어둠이 빛나는 태양보다 밝을 수 있다는 것을 알 수 있었다.

어둠이 데미 갓 리치 네크란시오의 전신을 감싸고 휘돌기 시작했다. 아주 느릿하게 휘돌던 어둠은 점점 그 속도를 빨리 했고, 마침내 던전의 모든 것을 빨아들이기 시작했다.

콰악!

카리온은 언월도와 쯔바이한더를 던전의 바닥에 깊이 박았다. 모든 것을 끌어들이는 어둠 속으로 빨려들지 않기 위해서 말이다. 데스 나이트의 일격에 조각났던 벽면이 통째로 뜯겨져 나갔다.

콰드드득!

카이론의 발이 던전의 바닥의 파고들었으며, 그 깊이는 점점 깊어져 무릎이, 허벅지가, 마침내는 허리까지 던전의 바닥을 파고 들어갔다. 그러는 동안 네크란시오의 신형을 감싸고 돌던 어둠이 회전을 서서히 멈추기 시작했다.

10미터가 넘어가던 거대한 회오리였으나 이제는 카이론의 신장보다 조금 더 큰 그런 회오리가 일고 있었다. 그러다 점점 그 회오리마저 잠잠해지고 카이론보다는 조금 작아진 리치의 모습이 보였다.

뼈만 앙상한 모습이 아니었다. 칙칙한 검은색의 로브는 여전했으나 카이론의 앞에 나타난 인물은 완전한 인간형의 모습이었다.

"크흐흐하아~"

잘생긴 얼굴. 마치 사람이 아닌 것 같은 얼굴이었다. 그럼에도 인간의 모습이 된 데미 갓 리치 네크란시오의 얼굴을 보니 약간의 불안감이 들었다. 하지만 그뿐이었다. 불안감은 들지언정 위험하다는 생각은 들지 않았다.

"흐하하. 고맙고 또 고맙도다."

분명 청명하게 다가오는 소리는 아니었다. 그리고 카이론은 본능적으로 알 수 있었다.

'마족? 그렇군. 마족이 된 것이로군. 그런데 이 기이한 감각은 무엇인가?'

그랬다. 인간의 모습이 된 데미 갓 리치 네크란시오는 마족이 되었다. 그것도 최상급의 마족이 말이다. 그것을 알려주듯이 그의 이마에는 마신의 인장이 뚜렷하게 찍혀 있었으며 온통 붉은 눈자위 속에 하나의 검은 점이 찍혀 동공을 대신하고 있었다.

"축하해야 하나?"

카리온이 허리 깊이까지 푹 빠진 자신의 몸을 뽑아 올리고 있었다. 전신을 뽑아 올린 카리온은 평온한 말과 달리 전투태세를 갖추고 있었다. 그런 카리온의 모습을 보며 가는 입술을 말아 올리는 네크란시오였다.

"확실히 의외로다. 그대는 꽤 많은 것을 알고 있도다."

"첫 번째의 관문을 넘긴 것인가?"

"그러하도다."

"두 번째의 관문은 무엇인가?"

지체 없이 물어가는 카이론이었다.

"힘으로 스스로를 증명함이로다."

네크란시오의 말에 카이론은 이미 짐작하고 있었다는 듯이 고개를 끄덕일 뿐이었다. 그러한 카이론의 모습을 유심히 지켜보는 네크란시오. 확실히 지금껏 자신이 생각해 오던 혹은 상상했던 인간과는 전혀 다른 반응이었다.

파아앙!

그때, 공간이 터지는 소리가 들려왔다. 네크란시오는 무언가 빠르게 자신의 심장을 노리는 느낌에 본능적으로 몸을 틀어 피해냈다.

촤하아악!

하지만 조금 늦었다. 그의 외피를 뚫고 한 줄기의 선명한 검붉은 핏줄기가 솟구치며 가슴 어림에서 따끔한 느낌이 전신을 강타했다. 네크란시오의 팔에서 검은 쇠사슬이 솟구쳐 올랐다.

팔뿐이 아니었다. 그의 등 뒤에서 열 개가 넘는 쇠사슬이 솟구쳐 올랐다. 그리고 솟구쳐 오른 열 개의 쇠사슬은 각기 다른 방향으로 경계태세를 유지했다. 쇠사슬의 끝에는 세 갈래의 날카로운 이빨이 솟아나 있었다.

네크란시오는 차신의 가슴에서 흘러내리는 진득한 검붉은 피를 손가락에 묻힌 후 그의 입으로 가져갔다.

쪼오옥!

비릿한 향이 전신으로 퍼져 나가기 시작했다. 실로 4천 년만에 느껴보는 피의 향기였다.

"크크큭. 참으로 달콤하도다. 이 맛이 진정으로 그리웠도다."

나직하게 울부짖는 네크란시오. 그러할 것이다. 4천 년을 마족이되 마족이 아닌 존재로 살아 왔음이니 말이다. 어쩌면 저 모습이 진정한 마족의 모습일지도 몰랐다.

"마족도 피가 검붉은 색이로군."

그런 네크란시오의 귓가에 들려오는 담담한 목소리. 네크란시오의 고개가 홱 소리가 나도록 돌려졌다. 그리고 또 다시 나타나는 파충류의 눈동자. 마족은 기본적으로 강자존의 존재. 마족의 피가 깨어나고 있음이었다.

"이제 시작이도다. 방심하지 말지니."

콰하아악!

그가 있던 자리에 검은 색 안개가 서렸다. 카이론은 긴장하기 시작했다. 상대는 대마법사이자 전투 종족이라는 마족이었다.

카이론은 빛보다 빠르게 몸을 회전시키며 언월도와 쯔바이한더를 아래에서 위로 혹은 좌에서 우로 휘둘렀다.

콰차차창!

날카로운 금속성이 울려 퍼짐과 동시에 검푸른 불꽃이 던전을 밝게 빛냈다. 수없이 많은 불꽃이 만들어졌고, 카이론의 신형은 눈에 보이지 않을 정도로 빠르게 회전하고 움직이고 있었다.

콰하아앙!

마침내 거대한 폭음이 터졌다. 그리고 두 개의 그림자가 빠르게 서로에게서 멀어지고 있었다.

터더덕! 턱!

"후우~"

"………."

카이론은 가볍게 한 숨을 내쉬었고, 네크란시오는 말이 없었다. 그러다 네크란시오의 고개가 서서히 자신의 복부 쪽으로 향했다. 마족의 단단한 피륙을 뚫고 선명하게 베어진 복부에서는 검붉은 피가 흘러나오고 있었다.

그리고 또 하나 달라진 것이 있다면 최상급 마족 네크란시오의 등 뒤에 솟아올라 있던 열 개의 쇠사슬 중 두 개가 마치 물을 먹지 못한 식물처럼 서서히 말라비틀어지고 있었다. 타들어간다고 해도 과언이 아닐 정도로 말이다. 그에 네크란시

오는 자신의 남은 여덟 개의 쇠사슬 중 두 개를 휘둘러 말라
비틀어진 쇠사슬을 잘라냈다.

치이이익!

"크흐으음!"

낭패를 당한 모습의 네크란시오였다. 허나, 그의 입가에는
잔잔한 미소가 떠올라 있었다.

"아직인가?"

"즐겁지 아니한가? 나는 즐겁도다. 조금 더 조금 더 이 즐
거움을 맛보고 싶도다."

데미 갓 리치보다는 마족의 영향을 더 받은 모양이었다. 이
미 그는 오로지 힘만이 모든 것을 증명하는 철저한 마족이 된
것이다.

제3장

복귀하다

네크란시오가 움직였다. 카이론의 중심으로 20미터 이내에 검푸른색의 불길이 일어나면서 수없이 많은 화살이 카이론의 전신을 노리며 쏘아졌다.

그에 카이론의 언월도와 쯔바이한더에서는 백염의 블레이드가 형성되었으며, 카이론은 거침없이 휘둘러 갔다. 그의 양손에서 휘둘러진 백염의 불레이드가 둥근 막을 형성하고 수없이 많은 검푸른 화살을 튕겨내고 있었다.

카이론이 검푸른 화살을 막는데 정신이 팔려 있을 때 그의 머리 위에서 검은 공간이 형성되었고, 그 공간에서 여덟 개의 쇠사슬이 튀어 나와 카이론의 전신을 향해 쇄도했다.

쩌저저정!

카이론이 형성한 백염의 막이 요동치기 시작했다. 네크란시오가 펼친 여덟 개의 쇠사슬은 백염의 막과 부딪히며 거대한 충격파를 형성하며 막을 두들기기 시작했다.

그 와중에 던전 내부에서 언데드가 솟아나기 시작했다. 검고 단단한 흙바닥을 뚫고 솟아나는 스켈레톤과 구울, 그리고 듀라한까지. 언데드가 다시 살아나고 있는 것이었다.

카이론은 두 손에 든 언월도와 쯔바이한더를 집어 던졌다. 두 개의 기형 병기는 백염을 머금고 회전하면서 사방을 휘젓고 다녔다. 병기에 백염을 담으면서 막이 사라졌는데, 그 순간을 틈타 쇠사슬이 쏜살같이 카이론의 전신을 노렸다.

좌라라라 좌랏!

그때 카이론의 빈손을 채우는 것은 수십 개의 칼날로 이루어진 열전도 나노 튜브 블레이드였다.

추우우웅!

날카로운 소리를 내며 밝은 주황색의 플라즈마가 열전도 나노 튜브 블레이드 위로 솟아났다. 카이론은 미친 듯이 나노 튜브 블레이드를 휘둘렀다. 어떠한 격식도 없었다.

다가오면 다가오는 대로 멀어지면 멀어지는 대로, 나노 튜브 블레이드를 휘둘렀고, 나노 튜브 블레이드와 부딪힌 검푸른 쇠사슬은 용광로의 쇳물처럼 밝은 주황색의 불꽃을 생성하며 이리저리 튕겨 나가고 있었다.

"감히!"

네크란시오는 분노가 머리끝까지 치밀어 올랐다. 자신은 최상급의 마족이다. 에인션트 드래곤과 겨뤄 결코 패하지 않을 정도의 실력을 가진 최상급의 마족이란 말이다.

그런데 이게 어쩐 일이란 말인가? 자신의 공격이 모두 봉쇄되고 있었다. 그리고 자신의 쇠사슬과 부딪혀 은은하게 전해져 오는 이 고통이란 것은 대체 뭐란 말인가?

있을 수 없는 일이었다. 최상급 마족이 일개 인간 나부랭이에게 고통을 느끼고 모든 공격이 파쇄당한다는 것은 절대 있을 수 없는 일이었다. 그런데 그러한 일이 지금 일어나고 있었다.

"크하아악!"

네크란시오는 분노가 치밀어 올라 커다란 외침을 토해냈다. 그에 따라 카이론을 공격하던 여덟 개의 쇠사슬이 하나로 이루어지더니 거대한 암흑의 블레이드를 형성하며 카이론을 당장에라도 두 쪽 낼 듯 위에서 아래로 내려찍고 있었다.

콰후우웅!

카이론 역시 가만있지 않았다. 양손을 손뼉 치듯 부딪혔다.

쫘아아악! 촤아아앙!

두 개의 나노 튜브 블레이드가 하나로 합쳐졌다. 비록 최상급 마족 네크란시오의 거대한 암흑 블레이드만 못하지만 2m10cm에 이르는 카이론의 신장보다는 훨씬 거대한 또 하나의 나노 튜브 블레이드가 형성되었다.

그리고 부딪쳐 갔다. 암흑의 블레이드와 열전도 나노 튜브 블레이드의 날과 날이 부딪히며 시간은 느리게 흘러갔다. 마치 이 순간을 영원히 기록이라도 하듯이 말이다.

한 번이 아니었다. 수십, 수백, 수천 번을 부딪혔다. 단지 인간의 눈으로 보이지 않을 뿐. 그리고 깨어져 나가기 시작했다. 카이론의 합체 된 나노 튜브 블레이드가 아닌 최상급 마족 네크란시오의 거대한 암흑의 블레이드가.

"어, 어찌 이럴수가…."

카이론의 합체된 나노 튜브 블레이드는 암흑의 블레이드를 가루로 만들고도 멈추지 않았다. 최상급 마족 네크란시오의 사타구니에서 정수리까지 완벽하게 두 쪽으로 갈랐다.

물론 그렇다고 죽을 최상급 마족이 아니었다. 하나, 상대는 카이론이었다. 그의 합체된 블레이드가 다시 둘로 나눠졌고, 두 개의 블레이드가 네크란시오의 심장에 박혀 들었다.

네크란시오의 심장이 두 쪽으로 갈라졌고, 이내 네 쪽으로, 네 쪽에서 다시 여덟 쪽으로, 여덟 쪽에서 다시 열여섯 쪽으로 기하급수적으로 갈라지기 시작했다.

이미 검푸른 색의 지옥의 염화는 사라졌고, 땅을 뚫고 솟아오르던 언데드들은 온데간데없었다. 백염의 블레이드를 일렁이며 언데드들을 베어 가던 언월도와 쯔바이한더는 카리온의 등 뒤로 돌아 온지 오래였다.

"아직인가?"

관문의 끝이 과연 어디일까. 지금의 상황만으로도 충분히 관문이 끝이 난 것이라 할 수 있었다. 그의 손에 조금의 힘만 더 들어간다면 죽음이 아닌 영원한 소멸을 당할 것이니까.

카이론의 질문에 죽음이 코앞인데도 붉은 혀를 내밀어 입술 주위의 피를 핥으며 웃는 네크란시오였다.

"끝이 났도다."

카이론은 경계하며 뒤로 물러났다. 여전히 그의 열전도 나노 튜브 블레이드는 네크란시오의 심장을 노린 채였다. 그가 물러남과 동시에 네크란시오의 신체가 회복되기 시작했다.

실로 기괴한 모습이라 할 수 있었다. 다 부서지고 파괴된 몸이 꿀렁이면서 원래의 모습을 회복하는 모습은 말이다. 불과 몇 분조차 지나지 않아서 완벽하게 신체를 회복하는 모습은 기괴하다는 말로도 부족했다.

"훌륭하도다. 나는 진정으로 훌륭한 후계를 남겼도다."

완벽하게 신체를 회복한 네크란시오는 마치 자랑스럽다는

듯이 입을 열었다. 카이론은 그저 말없이 그를 경계하며 서 있을 뿐이었다.

"나는 마족이었으나 드래곤과 깊은 우정을 맺었도다. 칼리타고르는 나에게 후일 이곳을 찾아온 인간이 진정으로 자격이 있다면 자신의 보고를 넘기라는 유언을 남겼도다. 그가 마지막 남긴 말은 그 유언과 함께 '믿는다'라는 말이었도다."

그는 마치 과거를 회상하듯 입을 열고 있었다. 카이론은 이미 네크란시오를 향하고 있던 모든 무기를 거둬들인 이후였다.

"믿음이 무엇인지 짐작할 수 없었도다. 하나, 이제는 알았도다. 믿음이 무엇인지 말이로다. 또한 그대에게 또 다른 고마움을 전하는도다. 그에 마족의 보고 디크란시아를 넘기는도다."

그의 손에서 검은색의 안개와 같은 실선이 움직여 카이론의 이마를 향했다. 인크레시아를 넘겼을 때와 다르지 않은 느낌.

"나는 이제 돌아가는도다. 친우의 마음을 알게 된 나는 다시 마족으로서의 삶을 살아야 하는도다."

그렇게 말을 하며 그의 신체는 서서히 떠오르기 시작했으며, 검은색의 연기가 그를 감싸기 시작했다. 그 속에서 네크란시오가 웃고 있었다.

"보고는 의지를 담음으로써 열릴 것이로다. 고맙고 또 고맙도다."

그의 목소리가 던전 전체를 휘돌기 시작하며 그의 신형이 완전히 사라져 버렸다. 그때, 던전이 흔들리기 시작했다.

쿠르르르!

바윗돌이 깨지기 시작했으며, 오랫동안 쌓였던 먼지가 던전의 흔들림에 깨어나 사방으로 흩날리기 시작했다.

쩌저저적!

던전 내부의 바닥이 갈라지기 시작했다. 카이론은 슬쩍 몸을 띄워 올렸다. 그의 머리 위에는 예의 백색의 막이 생겨나 떨어져 내리는 바윗덩어리와 돌덩어리를 튕겨내고 있었다.

무너질듯 굉음을 내던 던전이 서서히 진정하기 시작했다. 그리고 던전의 천정이 갈라지면서 한 줄기 빛이 던전 내부로 쏟아져 들어왔다. 그 빛은 정확히 던전 가운데에 몰려들었고, 모이고 모인 빛이 최대가 되었을 때 그 모인 모든 빛이 터지며 카이론의 정수리로 흡수되었다.

카이론은 시원함을 느꼈다. 막혔던 무언가가 뻥 뚫리면서 대뇌 전체를 안마 받는 듯한 그런 시원함을 느꼈다. 그리고 그 시원함 속에서 들려오는 장중한 목소리가 있었다.

'나, 골드 드래곤 칼리타고르 스타인비스 클로비츠는 인간을 사랑했던 존재가 아닌 인간이었던 존재였노라. 하나, 나는 다시 인간으로 돌아갈 수 없는 존재. 그리하여 인간에게 나의 보고를 넘기노라. 부디 인간을 위해 나의 보고를 쓰길 바라노라.'

'골드 드래곤 칼리타고르. 위대했으나 인간이었던 존재.'

카이론의 생각을 읽었음인가? 골드 드래곤 칼리타고르의 음성이 들려왔다.

'난 전생의 기억을 가지고 드래곤으로 태어난 존재였노라. 나의 모든 것은 인간에게 왔던 것. 다시 인간에게 돌림이 맞음에 나의 모든 것이라 할 수 있는 드래곤 하트를 넘기노라.'

'드래곤 하트……'

'시공을 초월하여 마침내 칼리타고르 스타인비스 클로비츠의 드래곤 하트를 그대에게 전하노라.'

그 말과 함께 카이론의 심장을 향해 황금색으로 빛나는 거대한 무언가가 스며들었다. 그 순간 카이론은 정신을 잃을 뻔한 아찔한 충격을 맛보았다. 아니, 아마도 정신을 잃었던 게 분명했다.

카이론의 신형이 수평으로 섰다. 고요하게 누워있는 모습 그대로. 그 모습을 카이론은 지켜보고 있었으며, 그는 골드 드래곤인 칼리타고르와 동등하게 시선을 맞추고 있었다.

골드 드래곤 칼리타고르가 카이론에게 예를 취했다. 드래곤의 사념이라고는 하지만 드래곤은 드래곤. 그러한 사념이 카이론에게 인간 세상에서 올리는 극한의 예를 올리고 있는 것이다.

'드래곤의 맹약은 드래곤이 가진 모든 것. 나의 치졸한 복수심으로 인해 거의 멸절해 버린 드래곤을 대표해서 감사를 올리노라. 이것으로서 나의 할 도리는 다 했으니 이제 진정 마나의 품으로 돌아가 영원한 안식을 들 수 있노라. 다만, 한 가지 마지막 부탁이노니 만약 우매한 나의 후손을 만날 기회가 있다면 그를 잘 이끌어주기 바라노라.'

그 말이 끝남과 동시에 카이론은 자신의 머리에서 무언가가 빠져나가는 느낌을 받았다. 그의 시선이 그 무언가를 쫓았다. 허공에 푸른색과 흰색, 그리고 붉은색이 어우러진 환영이 맺혔고, 그 환영은 카이론을 바라보고 있었다.

순간 카이론은 그 환영이 왠지 모르게 희미한 미소를 머금고 있다고 생각 되어졌다. 환영은 아주 서서히 안개처럼 사라져 갔다. 그리고 카이론의 신체에 일어나는 설명하지 못할 기이한 현상 역시 점점 막바지로 치닫고 있었다.

그것을 지켜보는 카이론은 자신이 강해지는 것을 느꼈다. 또한 정신이 더욱더 확장되면서 수없이 많은 정보가 홍수처럼 밀려오고 있음을 느꼈고, 그 정보를 아무렇지도 않게 스스로의 것으로 만들고 있음을 알 수 있었다.

완전히 내 것이 되었다. 그리고 신체는 더욱더 커졌다.

2m10cm의 신장이 2m30cm로 커졌으며, 근육은 더욱더 오밀조밀하게 발달했다. 신체 능력 역시 전과는 비교조차 할 수 없을 정도로 강해졌다.

그의 신장이 커진 이유는 드래곤 하트의 기운을 모두 흡수할 수 없었기 때문이었다. 만약 언젠가 골드 드래곤 칼리타고르의 모든 것을 흡수한다면 카이론의 신장은 원래대로 줄어들 것이었다.

흘러들어온 정보를 축적하고 분석하는 과정에서 카이론은 그것을 저절로 알게 되었다. 또한 인크레시아와 디크란시아라는 희대의 보물창고 역시 바로 인지할 수 있었다.

인크레시아에는 골드 드래곤 칼리타고르가 수집하거나 만들었던 보물이나 무구. 그리고 마법을 비롯해 아득한 고대에 사라졌던 모든 것. 즉, 고대 영웅들의 무구나 마법 서적 혹은 천사의 파편과 같은 팡게아 대륙에 이로움을 주는 것들이 들어 있었다.

반면에 디크란시아에는 흑마법적인 것. 즉, 흑마법서를 비롯해 데스 나이트나 키메라 혹은 어떤 대가를 제공함으로써 강력한 힘을 얻는 방법 등 온갖 유혹적인 것들이 담겨져 있었다.

또한 두 개의 영혼으로 인해 묘한 이질감을 느꼈던 것이 이제는 완벽하게 하나의 존재로 인식되었다. 완벽한 카이론 에라크루네스가 된 것이었다. 카이론은 자신도 모르게 눈물이 흘러내리고 있음을 알았다.

자신도 모르는 눈물의 의미.

그것은 아마 온전하게 하나의 인간이 되었다는 것을 의미할 것이다. 두뇌만 인간인 기계인간에서 어정쩡하게 합성된 인간으로, 그리고 이제는 온전한 개체로서의 인간이 됨에 따라 흘리는 자축과 같은 것일 게다. 드래곤의 진정한 선물은 드래곤 하트나 보물창고가 아닌 이것이었다.

"선물… 고맙게 받겠소."

카이론의 입에서 물기 젖은 음성이 흘러나왔다. 이 세계에 떨어진 이후 고저 없는 냉정하고 깔끔한 음성으로 일관했던 그의 목소리는 가늘게 떨리고 있었다.

21C의 지구에서나 이곳에서나 극한까지 자신의 감정을 몰아붙여 절제하고 숨겨온 그로서는 지금의 표현은 거의 최고의 감정을 표출한 것이나 다름없었다. 그만큼 지금의 상황은 그에게 격하게 다가오고 있었던 것이다.

카이론의 시선이 빈 허공으로 향했다. 그의 입매에 부드러운 미소가 걸렸다. 이미 사라진 골드 드래곤 칼리타고르가 자신을 내려다보며 웃는 것 같은 느낌이 들었다.

그 또한 만족한다는 것일 게다. 허공에 떠 있던 카이론의 신형이 서서히 던전의 바닥으로 내려왔다. 던전을 한 번 둘러보던 카이론은 이내 신형을 돌려 계단을 올라가기 시작했다.

고속이동을 이용해 빠르게 이곳을 벗어날 수도 있었다. 하지만 왠지 지금만큼은 그러고 싶지 않았다. 던전 내부를 감돌고 있는 퀴퀴하고 음습한 공기가 오히려 더 편안하게 느껴지고 있었다.

이미 최상급 마족 네크란시오가 마계로 귀환함으로 인해 던전 내부에 설치되었던 모든 마법의 기능이 멈추거나 자동으로 파괴된 상태. 이곳은 던전이 아닌 지하 밑으로 깊게 파인 동굴 그 이상도 이하도 아닌 상태가 되어버렸던 것이다.

*　　*　　*

"교수님! 이곳입니다."

한 명의 기사가 콜린스 교수를 불러 세웠다. 그리고 콜린스 교수는 기사가 가리키는 곳으로 걸음을 옮겼고, 목이 잘리고 피와 가죽이 깔끔하게 제거된 트롤의 시체를 발견할 수 있었다.

"벌써 다섯 번째인가?"

"그렇습니다."

"이번에도 깔끔하군."

트롤의 목 부위를 보며 입을 여는 콜린스 교수였다. 잘린 트롤의 목 부위는 정말 깔끔했다. 그것은 단숨에 잘랐다는 것을 의미한다. 인간과 뼈와 근육의 강도가 전혀 다른 트롤의 목을 단숨에 자른다는 것은 진정으로 어려운 일이었다.

그리고 잘린 트롤의 목에는 검은색으로 그을린 자국이 거울처럼 반질반질하게 나 있었다. 방향은 왼쪽에서 오른쪽이었다. 그것은 정면에서 그대로 베었다는 것을 의미했다.

또한 잘린 면이 함몰되지 않았다. 그것은 힘으로 잘라낸 것이 아니라 빠른 속도에 의한 숙련된 기술로 잘라냈다는 것을 의미했다. 트롤의 두터운 피부를 덮고 있는 털과 근육 그리고 그 근육이 감싸고 있는 목뼈를 말이다.

콜린스 교수의 얼굴을 살짝 찌푸려져 있었다. 이곳은 오크의 서식지. 트롤이 이렇게 많이 서식할 수는 없었다. 오크가 개체별로는 트롤에게 뒤진다고는 하지만 오크는 집단으로 서식하며 전술이라는 개념을 조금은 안다.

마치 늑대가 사냥하는 것처럼 말이다. 때문에 오크보다 상위 몬스터는 오크가 서식하고 있는 곳에 좀처럼 모습을 드러내지 않는다. 그런데 벌써 다섯 번째 보이는 트롤의 사체였다.

"트롤의 머리는?"

"여기 있습니다."

이미 야생동물이나 몬스터들에 의해 살점은 제대로 남아

있지 않은 트롤의 머리와 사체였다. 남은 것이라고는 그저 잘 씹히지 않는 뼈 부분밖에 없었다. 몬스터나 야생동물에게는 그러할지 모르지만 인간에게는 아니었다.

"깔끔하군. 뼈는 따로 챙기도록."

"알겠습니다."

콜린스 교수와 기사의 대화를 듣고 있던 수아레스와 그의 절친한 친구인 챨스. 그들의 얼굴은 점점 딱딱하게 굳어져 가고 있었다. 더불어 그들과 함께 카이론 에라크루네스를 조롱했던 조원들 역시 점점 흙빛으로 변해가고 있었다.

"놈이 살아 있다는 건가?"

"모르겠군."

챨스가 수아레스의 옆으로 다가와 나직하게 물었으나 돌아오는 대답은 모르겠다는 말 밖에 없었다.

"어떻게 이럴 수가. 이 지역에서는 극히 드문 트롤이 나타난 것도 나타난 것이지만 기사로도 쉽게 상대할 수 없는 게 트롤인데… 게다가 그동안 죽은 오크 역시 적어도 오십여 마리는 넘는다. 동선을 보면 카이론이 분명하다."

"하지만 놈은 단 일격에 저렇게 깔끔하게 트롤의 목을 자를 실력이 없어. 그리고 그놈의 무기는 중병이자 장병인 할버드. 잘린 단면이 유리처럼 깔끔할 수는 없네."

"그건 그렇군."

챨스는 결국 수아레스의 말에 동의할 수밖에 없었다. 타고난 덩치와 힘은 누구에도 뒤지지 않을 정도로 좋았으나 소심하고 겁이 많았다. 그리고 할버드라는 중병은 결코 저런 단면을 만들 수 없었다.

물론 익스퍼트에 오른 기사라면 충분히 가능하겠으나 아카데미 역사상 아카데미를 졸업하면서 익스퍼트에 오른 사람은 다섯 손가락 안에 꼽을 정도다. 그리고 그 대부분이 대륙을 호령하는 마스터의 반열에 올랐던 사람들이고 말이다.

"모두 이곳부터 전방 5킬로미터 지점까지 샅샅이 뒤진다. 어떠한 것도 좋다. 시체가 있다면 시체라도 찾아라!"

"명!"

콜린스 교수는 무언가 불길하다는 생각이 들었다. 이곳에서 어떻게 트롤이 발견되는 것인가에 대해서 말이다. 이곳은 분명 오크의 서식지. 한두 마리는 이해할 수 있었다.

배고픈 트롤이 영역을 무시하고 달려들 수 있으니 말이다. 그런데 다섯 마리의 트롤이라는 것은 조금 생각해 보아야 했다. 하지만 콜린스 교수는 머리를 저어 애써 현실을 털어내고자 했다.

'우연일 것이다. 우연일 뿐이다.'

그렇게 생각했다. 우연일 수도 있었다. 아닐 가능성도 있지만 말이다. 중요한 것은 오늘이 수색의 마지막 날이라는 것이다. 어차피 오늘이 지나면 더 이상 이곳에 올 필요도 목을 맬 필요도 없었다.

'한 번 더 수색해 보고 복귀해야겠군. 아쉽지만 조심해서 나쁠 건 없지.'

기사들이 움직였고, 수아레스와 그 일당 아홉 명이 움직였다. 간격은 거의 2m 간격으로 촘촘한 그물처럼 짜여 있었다.

"젠장! 바보 새끼가 죽어서도 사람을 고생시키는군."

카이론과 같은 조원이었던 조지가 사방에서 달려드는 귀찮은 벌레에게 손에 들린 검을 신경질적으로 휘저으며 나직하게 말을 했다.

"누가 아니래? 도대체 그 바보 같은 놈의 시체를 찾아서 뭘 하겠다는 것인지."

옆에서 조지와 같이 신경질적으로 걷는데 거추장스럽게 하는 잡목이나 풀을 쳐내며 맥스가 동조했다. 기실 죽어도 상관없는 놈임에는 분명했다.

백작 가문이라고는 하지만 하녀의 뱃속에서 나온 자식이다. 그런 놈을 대체 무슨 이유로 이렇게 찾으려 드는지 알다가도 모를 일이었다. 다만, 자신들을 이끄는 우두머리 격인 수아레스가 군소리 없이 따르니 그냥 하는 모양새만 취할 뿐이었다.

"어우~ 이 시큼하고 구린 냄새. 대체 이놈의 숲은 얼마나

썩었기에 이런 냄새가 나는 거지?"

"뭐?"

"아! 이 시큼하고 구린 냄새 말이야!"

조지가 빽 하고 소리를 질렀다. 그때 맥스가 그런 조지를 바라보았다. 조지를 바라보는 맥스의 눈동자가 커졌다. 입이 벌어지고 무슨 말을 하려는 듯 손가락으로 조지를 가리키며 입만 벙긋거리고 있었다.

"야! 왜? 무슨 할 말 있어?"

"뒤, 뒤에!"

"뭐? 무슨 말을 하는 거야?"

하면서 뒤를 돌아보는 조지였다.

그 순간이었다.

크와아아앙!

"꺼억!"

트롤이었다. 트롤이 그대로 조지의 머리를 삼켜 버렸다. 그리고 으적거리며 씹어 먹기 시작했다. 그 모습을 보며 맥스는 얼굴이 하얗게 변하며 트롤을 가리키던 손을 덜덜 떨기 시작했고, 그의 가랑이 사이로는 뜨뜻한 액체가 주르륵 흘러내렸다.

"트, 트롤이다!"

그 소리는 맥스의 입에서 흘러나온 것이 아니라 조원들 사이에 끼어 있던 기사에게서 흘러나온 외침이었다. 그에 조용했던 숲 속이 다시 시끄러워지기 시작했다.

넓게 펼쳐져 수색을 하고 있던 기사들이 미친 듯이 달려 트롤이 있는 곳으로 도달했고, 수아레스를 비롯한 학생들은 뒤로 빠졌다. 콜린스 교수는 얼굴이 딱딱하게 굳어져 있었다.

본 것이다.

조지를 산채로 잡아먹는 모습을 말이다. 이미 상체의 절반이 사라져 있었다. 가끔 발작적으로 부르르 떠는 조지의 신체였지만 그것은 그저 잔재한 신경 작용의 일부일 뿐이었다.

"조나단, 캐슬, 베인스는 후방으로. 이튼, 말콤, 스웨인, 카알은 견제를. 존, 토마스, 마이클은 나와 같이 공격을 담당한다."

"명!"

콜린스 교수의 명령에 즉각적으로 움직이는 기사들. 콜린스 교수는 교수이기 이전에 존경받는 기사였다. 비록 영지를 가진 영주는 아니었지만 말이다.

"놈! 죽어랏!"

콜린스 교수가 앞장서 롱소드에 오러 스트림(검류)을 시전한 뒤 트롤을 향해 거침없이 휘둘렀다. 그에 트롤은 먹고 있던 조지의 시체를 들어 그대로 쇄도하는 콜린스 교수를 향해 휘둘렀다.

콰아앙!

콜린스 교수가 왼손에 들고 있던 방패로 트롤의 공격을 막아내면서 뒤로 밀려났다. 그것을 기점으로 콜린스 교수와 공격의 일익을 담당하는 존, 토마스 그리고 마이클이 일제히 스키아보나, 카츠발게르, 왈론 소드에 오러를 일으키고 트롤을 공격해 들어갔다.

공격을 담당하는 이들은 열 명의 기사 중 마나를 다룰 줄아는 이들이었다. 트롤을 공격하는 데에 있어서 일반적인 공격은 절대 통하지 않으니 그들이 앞으로 나선 것이었다. 그런의미에서 콜린스 교수의 명령은 적절했다고 할 수 있으리라.

서거걱! 서걱!

밀려난 콜린스 교수를 대신해 존이 트롤의 눈을 현혹하는동안 마이클과 토마스가 공격을 적중시켰다. 마이클은 트롤의 발목을 잘랐고, 토마스는 뛰어 올라 트롤의 목을 베었다.

짙은 녹색의 핏물이 튀었다.

"캬하하아!"

그에 트롤은 더욱더 날뛰기 시작했다. 오러 스트림이 발현된 마이클의 왈론 소드에 베였음에도 불구하고 트롤은 전혀개의치 않은 모습이었다. 기사들과 학생들은 그 모습에 기겁할 수밖에 없었다.

"저, 저럴 수가⋯⋯."

"트롤의 회복력이 압도적이라고 하더니……."

그럴 수밖에 없었다. 아킬레스건을 잘린 트롤이었지만 순식간에 상처가 아물어 버린 것이었다. 토마스의 카츠발게르로 베인 목 역시 마찬가지였다. 멀쩡했다.

트롤은 곁에 있던 작은 나무를 뽑아 들었다. 작은 나무라 해도 얼추 3미터가 넘어가는 나무였다. 그런 나무를 아주 가볍게 뽑아들고 머리 위로 빙빙 돌리거나 혹은 위에서 아래로 좌우로 미친 듯이 휘두르니 감히 접근할 수 없었다.

"이익! 죽엇!"

존이 스키아보나에 오러 스트림을 시전한 뒤 빠르게 찔러 들어갔다. 그 순간 토마스를 보고 있던 트롤이 마치 기다렸다는 듯이 뽑아든 나무를 횡으로 휘둘렀다.

"어허억!"

다급한 소리가 존의 입에서 튀어나왔다. 급한 대로 몸을 틀며 방패로 트롤의 공격을 막으려 했으나 역부족이었다.

콰아아앙!

"크흐윽!"

존이 튕겨져 나갔다. 그와 동시에 트롤이 뛰었다. 튕겨져 나가는 존을 따라 이동한 것이었다. 무려 3미터에 이른 거구가 어찌 그리 빠른지 튕겨 나가는 존의 다리를 잡고 사방으로 휘둘렀다.

"크아악!"

존이 비명을 질렀다. 그의 몸이 나무와 지면을 가리지 않고 부딪혔다. 마나를 이용해 몸을 보호했지만 허사였다. 한두 번의 충격이야 어찌 보호했으나 그 이상의 충격은 결국 고스란히 존에게 전달되고 있었다.

"미물 주제에!"

콜린스 교수와 마이클이 한꺼번에 움직였다. 하지만 함부로 공격할 수 없었다. 존이 트롤의 손에 잡혀 있었고, 마치 몽둥이처럼 휘둘리고 있었기 때문이었다.

콜린스 교수의 신형이 밑으로 쭉 내리 깔렸다. 그와 동시에 거침없이 트롤의 오금을 베어갔다. 아주 깊숙한 상처였다. 트롤은 울부짖으며 들고 있던 존의 신형을 그대로 위에서 아래로 내리치고 있었다.

"커허억!"

존의 입에서 부서진 내장 조각과 함께 검붉은 핏덩어리가 쏟아졌다. 마이클이 솟아오르며 비어 있는 상체를 공격했다. 정확하게 트롤의 눈을 향해서 왈론 소드를 횡으로 그었다.

"크와아앙!"

퍼걱!

커다란 비명 소리가 울려 퍼지고 둔탁한 소리가 들려오며 마이클이 튕겨져 4, 5미터 밖에 있던 나무둥치에 그대로 처박

했다.

"커흑!"

충격이 강했던지 마이클이 한 움큼의 핏덩이를 쏟아내며 혼절해 버렸다. 콜린스 교수는 멈추지 않았다.

"전원 공겨억!"

후위로 빠져 학생을 지키던 기사들과 견제를 담당했던 기사들이 검을 집어넣고 등 뒤에 꽂아 두었던 쇼트 스피어를 꺼내 원거리에서 트롤의 전신을 향해 찌르기 시작했다.

마나가 없으면 상처조차 입지 않는 트롤이기에 이렇게라도 신경을 분산시켜 콜린스 교수가 트롤에게 타격을 입히도록 돕는 것이었다. 하지만 사실 이런 행동은 무모하기 그지없는 행동이었다.

아무리 기사가 적을 대함에 물러서지 않는다고 하나 알려지기로 익스퍼트의 기사 다섯이 힘을 합쳐야 겨우 잡을 수 있는 게 트롤이기 때문이다.

하지만 어찌 보면 콜린스 교수 역시 어쩔 수 없는 상황이라 할 수 있었다. 도망간다고 해서 도망칠 수 있는 그런 몬스터가 아니니까 말이다. 여기서 뿔뿔이 흩어진다면 다 죽는 것이나 마찬가지였다.

'자만이 지나쳤구나!'

아무리 오크들이 집단으로 서식하기에 상위 몬스터가 없다 하더라도 이곳은 왕국 동부의 가장 거대한 산맥인 그랜드 스파인. 몬스터가 인간처럼 일정한 주거지를 가지고 있는 것도 아닌 이상 서로의 영역을 침범하는 것은 수시로 있을 수 있는 일이었다. 하지만 최근 몇 년 들어 그러한 경우가 단 한 번도 없었기에 사실 자만할 수밖에 없었다. '설마 그런 일이 일어나겠어?' 하는 생각 말이다.

하지만 지금 이 순간 콜린스 교수는 땅을 치고 후회하고 싶었다. 모두의 귀감이 되어야 하는 교수임에도 불구하고 그것을 간과한 것이었다. 그리고 그 결과는 이렇게 처참하게 드러나고 있었다.

그제야 콜린스 교수는 자신의 자만이 어떤 결과를 초래했는지 똑똑히 볼 수 있었다. 베이스캠프에 차려진 수색조의 의견을 무시하고 겨우 기사 열과 학생 아홉을 대동하고 수색한 것 자체가 무모하기 짝이 없는 것이라 할 수 있었다.

그것도 일정 거리라면 상관없겠지만 이미 그 이상 떨어졌고, 실력을 감안하지 못하고 너무 깊이 들어왔다. 이곳을 자신의 손바닥 보듯이 안다고 자신했지만 자신은 너무 이 숲에 대해서 너무 몰랐다.

콜린스 교수가 자신의 자만을 자책하며 암울해지는 동안 트롤은 더욱더 날뛰고 있었다. 이미 트롤의 손에 잡힌 존은 의식 불명이었다. 틀림없이 죽었으리라. 마이클과 토마스는 항거 불능으로 전투에 전혀 도움이 되지 않은 상황이었다.

트롤을 어찌해 볼 수 있는 자는 오직 자신뿐이었지만 죽었는지 살았는지 알 수 없는 존으로 인해 접근하기조차 쉽지 않았다.

트롤은 여전히 광폭한 기세를 드러내며 자신의 피부를 따끔거리게 하고 있는 자들을 향해 거친 포효를 하며, 이미 효용성이 떨어진 인간을 버린 채 뿌리째 뽑아든 나무를 거칠게 휘둘렀다.

"크윽! 조심!"

기사들은 쇼트 스피어로 견제하면서 연신 뒤로 물러났다. 그럴 수밖에 없었다. 자신들이 감당하기에는 너무나도 힘겨운 몬스터였으니까. 트롤의 시선이 온통 주변의 쇼트 스피어를 든 기사들에게 쏠렸다.

그때, 콜린스 교수가 앞으로 뛰쳐나가며 두 다리에 힘을 전달했다. 마치 벼룩처럼 튀어 오르는 콜린스 교수. 그는 결코 함성을 지르는 어리석은 짓을 하지 않았다.

그 누구도 지금의 콜린스 교수의 행동을 비겁하다 말할 수 없었다. 벌써 세 명의 마나를 다루는 기사가 무력화된 상황에서 트롤을 어찌할 수 있는 사람은 자신뿐이었으니 말이다.

콜린스 교수의 신형은 3미터를 훌쩍 넘어 거의 4미터를 뛰어 올랐다. 그리고 마치 그림자처럼 트롤의 뒤로 다가갔고, 한 점의 군더더기도 없이 자신의 롱소드를 휘둘렀다.

아니 롱소드를 휘두르려는 순간이었다.

콰악!

"컥!"

잡혔다. 트롤의 손아귀에 콜린스 교수의 목덜미가 잡혔다.

"크르르르!"

트롤이 나직하게 으르렁거렸다. 그리고 트롤의 뾰족한 이빨이 드러나 보였다. 그것은 명백한 비웃음이었다. 트롤은 쭈욱 뻗어 콜린스 교수의 목덜미를 잡은 손을 자신의 눈앞으로 끌어왔다.

콜린스 교수의 시선과 붉게 물든 트롤의 시선이 부딪혔다. 콜린스 교수는 자신도 모르게 트롤의 그 광폭한 눈동자에 이빨을 딱딱거리며 떨 수밖에 없었다.

"이노옴! 이노옴!"

그때 몇몇의 기사가 힘을 내 쇼트 스피어로 트롤을 찌르고, 몇몇은 재블린을 던졌다.

트롤의 붉은 눈동자가 자신을 공격하는 기사들에게 향했다. 트롤은 비웃었다. 겨우 이 정도냐고 말이다. 그리고 트롤은 입을 쩌억 벌렸다. 한 입에 집어 삼킬 요량이었다.

그때였다.

쉬가가각!

무언가 잘려 나가는 듯한 소리가 들렸다. 그리고 트롤은 더이상 움직임이 없었다. 갑작스럽게 움직이지 않는 트롤. 기사와 학생들은 잠깐 동안 상황을 인지하지 못했다.

쩌어어억! 푸화아악!

트를이 정확하게 두 쪽으로 갈라지고 있었다. 트롤의 손에 목덜미를 잡혀 있던 콜린스 교수는 믿을 수 없다는 듯이 찢어질 듯 부릅뜬 눈으로 도저히 믿을 수 없다는 듯이 그의 정면을 바라보고 있었다.

'어떻게…….'

'이게 무슨…….'

'뭐지?'

트롤의 핏물이 콜린스 교수의 전신을 물들였다. 그럼에도 불구하고 미동조차 하지 않고 있었다. 기사들과 학생들은 콜린스 교수가 바라보는 곳으로 시선을 돌렸다.

"……!"

"카… 이론!"

누군가가 부지불식간에 그들 모두의 시선을 잡은 이의 이름을 내뱉었다. 그렇다. 그는 바로 카이론이었다. 드디어 그가 모습을 드러낸 것이었다.

"어찌……."

단칼에 트롤을 두 쪽 내버린 카이론. 그의 언월도에는 핏방울조차 흐르지 않았다. 그것은 핏물이 묻을 시간조차 주지 않았다는 것을 의미한다. 무덤덤하게 언월도를 등 뒤로 수납하는 카이론.

"늦었습니다."

저음의 묵직하고 담담한 음성이 모두의 귀를 때렸다.

"진정… 카이론이더냐?"

"그렇습니다."

콜린스 교수는 다시 물었다. 그에 카이론은 그렇다고 대답했다. 너무나도 자연스러웠다. 과거에는 자신이 무서워 눈조차 마주치기를 거부했던 카이론이었다. 완전히 다른 사람을 보는 것 같이 생경했다.

"어찌 된 것이더냐?"

"길을 잃었습니다."

길을 잃었다는 말에 콜린스 교수는 고개를 끄덕였다. 더 이상 캐물어 봐야 더 이상의 답이 나오지 않을 것 같았기 때문이었다.

"조사하면서 찾은 다섯 구의 트롤. 모두 네가 한 것이더냐?"

"불명예스럽게 아카데미의 가장 말석을 차지하기는 했으나 졸업은 해야겠기에……."

자신이 했다는 말이었다. 벌어진 입을 다물 수 없었다. 절대 있을 수 없는 일이었다. 하지만 믿지 않을 수도 없었다. 불현듯 콜린스 교수의 시선이 두 쪽으로 갈라진 트롤의 단면을 보고 있었다.

'정확하다. 완벽할 정도로 깔끔한 솜씨. 그동안 보아 왔던 트롤의 시체 다섯 구와 완벽하게 일치한다.'

그랬다. 콜린스 교수 그가 비록 익스퍼트 하급이지만 평생을 검과 함께 살아온 기사였다. 그러한 그가 검이 지나간 흔적을 분간하지 못할 리가 없었다.

그런 상념에 잠긴 콜린스 교수를 외면한 카이론의 시선이 향한 곳은 의붓형이자 자신을 죽음으로 몰아넣은 수아레스와 그와 동조한 조원들이었다. 무심하게 그들을 훑고 지나가는 카이론의 시선.

카이론의 시선을 받은 이들은 전신을 부르르 떨었다. 그것은 수아레스 역시 마찬가지였다. 마치 포식자 앞에 납작하게 엎드린 피식자 모양으로 아무런 행동조차 할 수 없었다.

'카이론이… 아니다. 내가 알고 있는 카이론이 아니다.'

그랬다. 지금 눈앞에 보이는 카이론은 수아레스 그가 알고 있던 카이론이 아니었다. 키도 더 컸다. 원래부터 컸던 그의 신장이 족히 머리 하나는 더 커진 느낌이었다.

그리고 과거와 같이 흐릿한 눈동자가 아니었다. 지금 보는 카이론의 눈동자는 명확하게 명암이 갈려 있었다. 무심하지만 그 무심함 속에 예리하게 빛나는 의지와 정신력이 지혜와 함께 담겨져 있었다.

하지만 수아레스는 그것까지는 파악할 수 없었다. 그가 아무리 대단하다고 할지라도 이제 열여덟. 여러 가지 우연과 인연이 겹치고 겹쳐 필연이 되어버린 지금 그가 카이론을 파악한다는 것은 불가능에 가까웠다.

카이론의 시선이 다시 콜린스 교수에게로 향했다. 그리고 입을 열었다.

"쉬시고 계시길."

"무엇을 하려고……."

"부상자를 치료해야 하지 않겠습니까?"

"살릴 수 있다는 말인가?"

되묻는 콜린스 교수였다. 하나, 돌아온 건 확신에 찬 대답이 아니었다..

"그건… 장담할 수 없습니다."

부지불식간에 질문했던 콜린스 교수는 고개를 끄덕임과 동시에 민망함에 입을 닫을 수밖에 없었다. 전장에서 생명에 대한 확신이라는 것은 없다. 그것을 모르지 않는 콜린스 교수이건만 급한 마음에 실수를 저지르고 만 것이었다.

백 번을 생각해도 자신은 너무 경솔했다. 반면에 카이론은 너무나도 담담하게 상황을 정리하고 있었다. 그렇다. 살릴 수 있으면 살려야 한다. 기사는 결코 동료를 버리지 않는다. 죽음이 갈라놓는다 할지라도 말이다.

다행히도 카이론의 신형은 이미 콜린스 교수에게서 돌아서 있었다. 콜린스 교수는 물끄러미 카이론의 넓은 등을 바라보았다.

'카이론 에라크루네스.'

새삼 생경한 느낌으로 전해져 오는 이름이었다. 그것을 아는지 모르는지 카이론이 가장 먼저 다가간 곳은 그나마 가장 경상자인 토마스였다. 기사 토마스가 개중 가장 경상자라고는 하지만 트롤이 휘두른 나무에 맞아 복부가 꿰뚫리고 갈비뼈가 부러진 상태였다.

다행이 부러진 갈비뼈가 내장을 찌르지 않아 겨우 숨을 쉬고 있긴 하지만 그렇게 상태가 좋은 것은 아니었다. 토마스에게 가까이 다가간 카이론은 품속에서 푸른색과 붉은색의 병을 꺼내더니 푸른색은 상처에 뿌렸다.

"크으윽!"

답답한 신음성이 흘러나오는 기사 토마스. 하지만 이내 그의 신음성은 잦아들었다. 산중이라 무겁고 이동하기 불편한 풀 플레이트 메일을 입지 않아 그보다 조금 가볍고 방어력은 떨어지지만 활동성이 좋은 체인 메일을 착용했던 그였다.

체인 메일이라 할지라도 웬만한 도검류로는 절대 상처를 입지 않았다. 그런 체인 메일을 박살내고 복부에 구멍을 뚫었던 트롤의 힘이었다. 그런데 뻥 뚫려 내장까지 보이던 곳이 순식간에 아물어 버렸다.

"이걸 마시면 내상이 다스려질 겁니다."

카이론이 붉은색의 새끼 손가락만 한 병을 건네줬다. 토마스는 병을 받아들고 엉겁결에 그대로 마셨다. 붉은색의 액체가 목을 타고 내부로 스며들었다. 순간 그는 아찔한 현기증을 맛보았다.

기분 나쁜 현기증이 아닌 기분 좋은 현기증 말이다. 그리고 이내 찾아드는 청결함과 끊임없이 몰려드는 수마. 붉은색의 액체가 스며들자마자 토마스는 그대로 나무에 기댄 채 잠이 들었다.

"어찌… 된 건가?"

"극심한 심력과 체력의 소모로 잠든 것입니다."

"대체 그것은 무언가?"

"일단 남은 두 기사를 치료한 후 말씀드리겠습니다."

"그, 그래. 그렇지."

콜린스 교수의 허락을 받은 카이론이 움직였다. 그의 방법은 단순했다. 기사 토마스에게 했던 방법을 그대로 반복하는 것이었다. 다만, 두 기사는 정신을 잃은 상태였기에 입을 벌려 붉은색의 액체를 입안으로 넣어주어야 했다.

세 기사의 치료가 완료되자 그제야 조금씩 정신을 차린 나머지 기사들이 반으로 갈라진 트롤을 해체하기 시작했다. 트롤의 피와 죽은 트롤의 부산물은 상당히 고가에 거래되고 있기 때문이었다.

그들이 콜린스 교수를 따라 수색 작전에 동참한 이유 중 하나가 바로 수색하는 도중 얻는 몬스터의 부산물 때문이었다. 부산물은 몬스터를 죽인 자에게 귀속되기 때문이었다.

당연히 부산물을 해체하는 기사들도 그 사실을 알고 있었다. 이 트롤의 부산물을 포함한 지나온 다섯 구의 트롤 부산물은 모두 카이론에게 귀속된다는 것을 말이다.

'젠장!'

'죽 쒀서 개 주는 꼴인가?'

물론 속으로 투덜거리는 것뿐이었다. 어쨌거나 저 카이론이라는 학생이 아니었으면 자신들은 이미 죽은 목숨이었다는 것을 알고 있었고, 자신들은 죽었다 깨어나도 3미터에 이르는 트롤을 단칼에 두 쪽 낼 수 없다는 사실을 너무나 잘 알고 있기 때문이었다.

"저는 아무래도 상관없습니다. 굳이 저와 트롤의 부산물을 나눌 필요는 없습니다."

그때, 기사들의 속이 뜨끔해지는 목소리가 들려왔다. 나무둥치에 앉아 묵묵히 앉아 있던 카이론이 기사들의 불평을 알고나 있다는 듯이 입을 열었기 때문이었다.

기사들은 얼굴을 붉혔다. 마치 못된 짓을 하려다 들킨 소년처럼 말이다. 자신들의 목숨을 살려줬음에도 겨우 몬스터의 부산물 따위로 그 가치를 폄하하려 한 자신들이 부끄러웠기 때문이었다.

그런 기사들을 일견한 콜린스 교수가 카이론의 옆으로 다가와 앉았다. 카이론이 일어나 예를 차리려 하자 손으로 제지하는 콜린스 교수였다.

"목숨을 구해줬군. 고맙네."

"해야 할 일을 했을 뿐입니다."

"그런가?"

"교수님께서는 언제나 그러셨습니다. 동료를 믿고, 동료를 끝까지 버리지 말라고 말입니다."

"그래. 그랬지."

의외였다. 그리고 달라 보였다. 과거 자신이 기억하는 카이론은 절대 이런 카이론이 아니었다. 뛰어난 신체와 대단한 힘을 가졌지만 소심하고 나서기 싫어하며, 남과 말을 섞는데 상당히 인색한 학생이었다.

실제 아카데미 6년 동안 카이론과 말해 봤다는 이는 극히 드물었다. 또한 그는 집단 따돌림을 당하고 있었다. 큰 덩치

덕분에 눈에 잘 띄고, 덩치에 맞지 않게 바보스러울 정도로 순하기 그지없어 놀려 먹기 딱 좋았기 때문이었다.

"자네는… 변한 것 같군."

"죽음에 이르니 변하게 되었습니다. 동료를 잃고 홀로 모든 것을 이겨내야 한다는 것은 치가 떨릴 정도로 무서운 것이었습니다."

이런 말은 결코 열여덟의 소년? 아니 청년이 할 이야기는 아니었다. 전쟁을 수십 번 겪은 노회한 기사나 할 법한 그런 이야기였다. 그럼에도 콜린스 교수는 아주 자연스럽게 받아들이고 있었다.

"과제물은 다 구했나?"

"구했습니다."

"어떻게 구했는지 이야기해 줄 수 있나?"

"동료가 없어지고 발을 헛디뎌 떨어진 곳이 던전이었습니다. 하지만 이미 누군가가 탐사를 마친 곳이었고, 그곳에서 포션과 이 기괴하게 생긴 두 자루의 무기를 얻을 수 있었습니다."

"무기 덕분이라는 것인가?"

"이 무기에는 샤프니스와 스트랭스가 걸려 있다고 적혀 있었습니다."

거기서 대화가 끝이 났다. 더 묻고 싶었지만 더 이상 묻지 않았다. 무언가를 숨기고는 있지만 던전을 발견한 것에 대해서 타인이 왈가왈부할 이유는 없었다. 게다가 이미 누군가가 던전을 탐험했다고 했다. 물론 사람을 보내 확인해 봐야겠지만, 그것은 그 누군가가 탐사하고 미처 발견하지 못한 찌꺼기를 얻었다는 것을 의미했기 때문이다. 어쨌든 기사들은 다시 정신을 차렸고, 모든 것은 완벽하게 마무리되었다.

"고생했다. 졸업은 예정대로 할 것이다."

"고맙습니다."

잠들었던 기사들이 깨어났다. 아직 완벽하게 회복한 것은 아니지만 그것은 시간이 흐르면 자연스럽게 정상으로 돌아올 것이다.

기사 토마스는 부축해 주면 충분히 걸을 수 있었다. 부상이 가장 경미했기 때문이다. 다만, 그의 체인 메일과 카츠발게르(싸움용 브로드 소드)는 다른 기사가 들어야 했다.

존은 아직 정신을 차릴 수 없어 들것을 만들어 두 명의 기사가 들어야 했으며, 마이클은 앉아 있는 것이 가장 편하다 하여 카이론이 생전 처음 보는 '지게'라는 것을 만들어 그를 지고 이동했다.

그렇게 며칠 동안 부지런히 움직인 결과, 저 멀리 희미하게 베이스캠프의 불빛이 보이는 거리까지 갈 수 있었다. 하지만 더 이상 움직이는 것이 힘들다는 것을 깨달은 콜린스 교수가 정지 명령을 내렸다.

"이곳에서 야영을 한다. 각자 준비하도록!"

콜린스 교수의 명령에 불만을 가진 이들은 없었다. 어찌된 영문인지는 몰라도 돌아오는 길은 상당히 편안했다. 몬스터의 접근도 없었다. 모두 노련한 콜린스 교수와 기사들 덕분이라고 할 수 있었다.

기사와 학생들이 부산스럽게 움직였다. 그중에는 카이론도 있었다. 카이론은 잠시 눈을 감고 주변을 살폈다. 극히 짧은 시간이었으나 이미 그의 목표는 정해져 있었다.

카이론은 기사나 학생과는 별개로 움직였다. 기사들은 카이론을 아카데미의 학생으로 인정했기에 그의 행동에 관여하지 않았고, 학생들은 카이론에게서 뿜어지는 묘한 괴리감에 접근하지 않고 있었기 때문이었다.

'어쩌면 지금의 상황이 더 나을지도.'

긍정적으로 생각하는 카이론이었다. 타인이 자신을 억압하지 않는다면 굳이 나설 생각이 없는 카이론이었다. 아직 머릿속으로는 알고 있으나 경험하지 못한 것이 너무나 많았으니까.

그런 카이론의 눈에 지구에 존재하는 엘크와 비슷한 동물이 발견되었다.

'엘코노스.'

이름만 다를 뿐 영락없는 엘크였다. 몸길이 3미터에 어깨 높이 2미터, 무게는 약 800kg에서 1,000kg 사이. 때가 여름이 기에 갈색의 털이 무성하게 나 있고, 산호초처럼 뻗은 뿔이 멋졌다.

다른 점은 지구에서라면 캐나다나 북아메리카, 스웨덴, 노르웨이, 시베리아 등 비교적 추운 지방에 서식하지만 이곳에서는 팡게아 대륙의 깊은 숲 속에 산다는 것뿐이었다.

엘코노스는 카이론의 존재를 인식하지 못했다. 먹이사슬의 하위에 위치한 엘코노스가 눈치채지 못할 정도로 카이론의 움직임은 은밀했다. 그리고 어느 순간 카이론의 품을 벗어난 날카로운 빛살.

풀을 뜯던 엘코노스의 움직임이 멈췄다. 그리고 기우뚱하며 그대로 모로 쓰러졌다.

쿠웅!

쓰러진 엘코노스를 번쩍 들어 올린 카이론이 다시 움직였다. 그의 신형은 도저히 인간의 눈으로 좇을 수 없었다. 야영지에서 꽤 멀리 떨어져 있는 거리였으나 카이론은 단 몇분 만에 야영지 근처에 도달해 다시 서서히 걷기 시작했다.

"서라! 누구냐!"

이미 숲은 완벽하게 어두워졌다. 때문에 야영지에 불이 피워졌고, 경계병이 배치되었다. 아무리 베이스캠프의 불빛이 보인다고 해서 안심할 수는 없었다. 깊은 산중이기 때문에 이쪽에서는 불빛이 보이지만 베이스캠프에서는 불빛이 보이지 않을 수도 있었다.

그리고 베이스캠프에서 이곳의 불빛을 보았다면 분명 어떤 조치가 있었을 텐데 전혀 조치를 취하지 않고 있다는 것은 본진에서 이곳을 볼 수 없다는 것을 의미하기도 했다.

"카이론입니다."

"어? 아!"

경계를 서는 기사는 창을 거두었다.

"그, 그게 뭔가?"

"운 좋게 엘코노스를 잡을 수 있었습니다."

"오오! 대, 대단하군."

사냥에 익숙한 숙련된 기사까지 모두 실패했는데, 학생이 이렇게 엘코노스를 잡아왔다는 건 대단한 일이었다. 기사는 희색을 감추지 못하며 보고했고, 축 처져 있던 야영지의 분위기는 금방 들뜨기 시작했다.

생각 외로 커다란 엘코노스 덕분이었다. 며칠 동안 굶기를 반복해 제대로 영양분을 섭취하지 못한 기사들에게 있어서 엘코노스는 그야말로 신의 축복이나 다름없었으니 말이다.

엘코노스를 요리하는 방법은 간단했다. 가죽을 벗기고, 창자를 제거하고 통째로 굽는 것이었다. 다행히 야영지 주변에는 조그마한 개울이 흐르고 있어 어렵지 않게 모든 과정이 완료되었다.

피 냄새를 지우는 것은 쉽지 않았지만 그렇다고 어렵지도 않았다. 이런 산속에는 냄새를 제거해 주는 식물이 있었고, 그런 쪽으로는 기사들이 상당히 해박했기 때문이었다.

그리고 엘코노스의 내장은 야영지 주변에 흐르는 냇물에 떠내려 보내니 몬스터나 야행성 동물의 접근은 그리 크게 걱정할 필요가 없었다. 그렇게 두어 시간이 지나자 그제야 비로소 통구이가 된 엘코노스를 맛볼 수 있게 되었다.

양은 충분했다. 겨우 스무 명이 거의 1톤에 달하는 엘코노스의 살코기를 다 먹을 수는 없는 노릇이었다. 절반 이상이 남은 살코기는 내일을 위해 보관했다.

내일 아침 다시 힘을 내서 출발하자면 든든하게 배를 채워야 하기 때문이었다. 희미하게 불빛이 보인다고 하지만 그 거리가 가깝다는 보장은 없었다. 이런 깊은 산맥에서는 거리를 짐작하기 힘든 것도 있고, 어디서 어떤 예기치 않은 일이 발생할지 모르니까 말이다.

실제 이런 깊은 산에서 던전 탐사를 하는 바운티헌터 중 죽거나 실종된 절반 이상의 사람이 베이스 캠프와 불과 500~1000미터 이내에서 발견된 것을 보면 초목이 우거진 깊은 산이 얼마나 위험한지 잘 알 수 있었다.

때문에 콜린스 교수는 무리하지 않았다. 적절한 휴식과 충분한 식사. 그리고 적절한 이동거리로 빤히 불빛이 보임에도 불구하고 움직이지 않고 야영을 택한 것이었다.

그에게 있어 실수는 한 번이면 족한 것이다. 그는 교수이자 숙련된 기사고, 일행을 이끌고 있는 리더이기도 했으니 그의 판단은 실로 적절하다 할 것이다.

모두가 식사를 마치고 경계를 위해 불침번을 세운 후 취침하기 시작했다. 그동안의 여정이 고단했던지 불침번을 서는 기사마저도 앉은 채로 꾸벅꾸벅 졸고 있었다.

다만, 단 한 사람만이 깨어 사그라지는 모닥불에 나무를 집어넣으며 불씨를 살리고 있었다. 바로 카이론이었다. 그는 잠이 따로 필요치 않았다. 정신적으로 피곤하지도 않았고, 육체적으로는 더더욱 피곤하지 않았다.

단지 자신이 그렇다고 하면 다들 이상하게 생각할 것 같아 드래곤의 방대한 지식과 21C의 지식이 융합하여 알게된 수면혈을 자극하여 불침번을 서는 기사를 자게하고 그 자리를 대신할 뿐이었다. 그때 그의 귓가에 바스락거리는 소리가 들려왔다.

"왔으면 앉도록."

"놈! 감히!"

다름 아닌 배다른 형인 수아레스였다. 그는 피곤에도 불구하고 잠을 청하지 않고 카이론을 향해 적의를 불태우고 있었다. 모닥불을 바라보던 카이론이 고개를 돌려 자신을 쏘아보고 있는 수아레스를 바라봤다.

'어리군.'

어렸다. 같은 나이이기는 하지만 확실히 어렸다.

"할 말 있나?"

"감히 백작 가문의 후계자를 보고도 예를 다하지 않을 셈인가?"

노호성을 터뜨리는 수아레스를 멀뚱히 바라보는 카이론이었다. 보통 때였으면 그 모습이 무서워 소리가 나오기도 전에 머리를 조아리고 허리를 숙였을 테지만 지금은 아니었다.

"별 시답지 않은 말은 집어 치우고 하고 싶은 말이 있으면 하도록."

"네, 네놈이!"

"죽고 싶나?"

카이론의 말에 분한 표정을 지으며 제대로 말도 잇지 못하던 수아레스가 이어진 카이론의 말에 피가 싸늘하게 식어가는 느낌을 받았다.

"네가 날 죽음의 구렁텅이로 밀었을 때 이미 너와 나는 돌이킬 수 없게 되었다. 너는 적일 뿐. 그 이상도 이하도 아니라는 것을 명심해라."

"감히!"

슷!

짧고 미세한 소음이 들렸다. 그 순간 수아레스는 자신의 목 아래 차가운 금속이 대어져 있다는 걸 알았다. 그것이 카이론의 등 뒤에 매달려 있던 기형의 언월도임은 말할 필요도 없었다.

그냥 보기에도 육중해 보이는 기형의 언월도. 하지만 카이론의 손에 들리니 마치 가벼운 종잇장인 양 빛살보다 빠르게 움직였다. 수아레스는 그대로 얼어붙었다.

'진, 진짜다.'

자신을 향한 기형의 언월도와 싸늘한 살기. 그것은 진짜였다. 아카데미의 대련에서 볼 수 있는 그런 허상의 살기가 아닌 일격필살의 의지를 담은 살기였다.

"내가 아직도 과거의 카이론으로 보이나?"

"……."

아무런 말도 할 수 없었다. 지금 이 순간 수아레스의 뇌는 하얗게 변해 재가 되고 있었으니까. 밀가루처럼 새하얗게 변해가는 수아레스의 얼굴 표정을 본 카이론의 입매가 보일 듯 말 듯 말아 올라갔다.

그것은 명백한 비웃음이었다. 수아레스는 그것을 볼 수 있었다. 하지만 움직일 수 없었다. 움직인다면 자신의 턱 밑에

대어진 기형의 언월도가 여지없이 자신의 목을 벨 것 같아서
였다.

"애송이로군."

"네, 네놈은 누구냐!"

"나? 카이론 에라크루네스."

"우, 웃기지 마라! 카이론은 저, 절대 나에게 이, 이럴 수 없
다."

"누가 그러든가?"

"뭐?"

"나, 카이론이 절대 너에게 이런 행동을 할 수 없다고 누가
그러는데? 도대체 누가 그런 법칙을 만들었는데?"

제4장
입대

Warrior

　어느새 수아레스의 턱 밑에 대어져 있던 기형의 언월도가 치워져 있었다. 그에 수아레스는 용기를 쥐어짜 겨우 대들 듯 말하고 있었다. 그는 미칠 듯이 크게 소리쳤으나 그의 입 밖으로 나온 말은 모기 소리처럼 작았다.

　"앞으로는 이런 경우는 없을 것이다. 각오하도록."

　그와 함께 수아레스에게로 향했던 카이론의 관심이 사그라졌다. 더불어 그에게로 향했던 지독한 살기도 역시 씻은 듯이 사라졌다. 수아레스는 슬슬 뒷걸음질 치다 카이론의 신형이 희미해 질 즈음 무엇인지 모를 것에 발이 걸려 털썩 주저

앉았다.

그의 얼굴은 공포와 함께 치욕으로 물들어져 있었다. 치욕은 곧바로 분노로 이어졌다.

"까드득! 네놈! 반드시 죽이고야 말 것이다."

하지만 그 다짐은 모기가 내는 소리보다 적었다. 마치 스스로에게 다짐하는 것 같았다. 그러한 수아레스의 어깨에 손이 하나 얹어졌다. 수아레스는 놀라지 않았다.

자신의 어깨에 올려진 손의 주인공을 알고 있는 탓이었다. 바로 자신의 절친인 챨스였다. 정식 이름은 챨스턴 알폰소. 알폰소 자작 가문의 장자였다. 그 둘은 지위를 떠나 친우가 되었기에 챨스턴의 아명인 챨스로, 수아레스의 아명인 레스로 서로를 호명했다.

"참아라. 이 순간을 참지 못하면 기회는 없다. 하지만 이 순간을 참으면 기회는 수없이 많을 것이다."

챨스턴의 말에 수아레스는 입술을 깨물며 고개를 끄덕였다. 수아레스 그가 아카데미 와서 얻은 가장 큰 수확이라고 하면 바로 챨스턴을 만난 것이라 생각했다.

더불어 몇몇의 귀족과 상당히 넓고 깊은 교감을 형성하기도 했고 말이다.

"챨스, 너의 말이 옳다. 귀족의 복수는 결코 10년이 길지 않음을 안다."

"맞다. 이제야 나의 절친인 수아레스 에라크루네스답구나."

그들은 그렇게 소곤거렸다. 하지만 소곤거렸다고 해서 카이론의 귀에 들리지 않을 리는 만무했다. 여기서 카이론의 이목을 벗어날 수 있는 인물은 그리 많지 않으니 말이다.

'위험한 곳이로군.'

확실히 위험했다. 겨우 스물도 안 된 열여덟의 소년들이 복수를 운운하고 사람의 목숨을 자신의 생각으로 가볍게 재단하고 있었다. 도덕관을 비롯해 사람의 목숨값이 지구와 달라 훨씬 위험할 수도 있었다.

그렇게 카이론은 아카데미에 복귀했다. 또한 원래는 실종 상황에 대한 심문 혹은 책임에 대한 추궁이 있을 것이었으나 어찌 된 일인지 그런 절차에 대해서 어떠한 기미도 보이지 않았다.

그동안 카이론은 아카데미의 이곳저곳을 둘러보았다. 궁금했던 것이다. 기억으로는 이미 알고 있었으나 이산이 아카데미를 보는 것은 처음이었으니까.

그리고 그동안 카이론에게 접근하는 이는 없었다. 더 커지고 더 강해 보이는 카이론. 과거에도 그 커다란 덩치 때문에 미련한 곰퉁이라든지 혹은 우매한 오거라 놀려댔다. 하지만 이제는 그 누구도 카이론에게 함부로 다가오거나 대하는 이들은 없었다.

왠지 과거와는 전혀 달라진 카이론의 분위기 때문이었다. 열여덟의 소년이 아닌 마치 서른은 혹은 마흔은 훌쩍 넘겨 버린 중년을 보는 것 같으니…….

그러다 한 달쯤 되었을 무렵 카이론의 이복형인 수아레스를 만날 수 있었다. 우연이 아닌 그가 직접 카이론을 찾아 온 것이었다.

카이론은 자신의 손아귀에 쥐어진 가죽 주머니를 빤히 바라보았다. 그의 앞에는 이복형인 수아레스와 그의 절친인 찰스가 함께 있었다. 무표정해 보이기는 했지만 카이론의 눈은 속일 수 없었다.

그들은 득의만만해 하고 있었다. 아카데미로 복귀한 뒤 그 둘은 카이론 주변에 얼씬도 하지 않았다. 무슨 꿍꿍이가 있겠거니 했는데 오늘에서 나타나 선심 쓰듯 가죽 주머니를 던져 주고 있었다.

카이론의 시선이 이복형인 수아레스에게 향했다. 수아레스는 매우 근심스럽고 미안하다는 표정을 지으며 입을 열었다.

"나는 가문의 대를 이어야 하는 장자이기에 어쩔 수 없이 네가 복무를 해야 한다. 복무연한은 5년. 그래도 가족이라는 연이 있어 약간의 도움이 될 만한 것을 담았다."

여느 때 같지 않게 무척이나 진지한 목소리였다. 카이론의 시선이 수아레스를 향했다. 진중한 목소리와 다르게 그의 얇은 입꼬리는 상큼하게 치켜 올라가 있었다.

"도움이라……."

카이론이 가죽 주머니를 살짝 흔들어 보았다. 묵직한 것이 가볍지는 않았다. 가죽 주머니를 열어 내용물을 확인해 보았다. 생각보다 많은 것이 들어 있었다.

"공간 확장 주머니인가 보군."

"그래도 동생이었으니까. 나를 대신한 것이니까."

수아레스의 말에 카이론이 그를 바라보았다. 그러다 피식 웃어보였다. 괴롭히는 것만 아니면 그리 나쁜 놈은 아닌 듯 보였다. 하지만 그 다음 말에 역시 사람의 천성은 쉽게 바뀌지 않는다는 것을 깨달을 수 있었다.

"가서 죽어라. 그러면 우리의 악연은 끝이 날 것이다."

싸늘하고 은밀하게 카이론의 귀에만 들리도록 내뱉어지는 말과 무척이나 딱딱하게 굳은 수아레스의 얼굴이 묘하게 어울렸다. 도대체 어떤 놈의 세상이기에 아무리 배다른 형제라지만 그 형제에게 죽으라는 말을 할 수 있는지 궁금해졌다.

수아레스로부터 전해지는 싸늘한 살기. 하지만 여전히 무덤덤한 카이론. 카이론은 담담하게 수아레스가 준 공간 확장 주머니를 그의 앞에 흔들어 보이며 입을 열었다.

"고맙다고 해야 하나? 그런데 어쩌지? 그다지 고맙다는 생각은 들지 않는군. 단지 다른 사람의 시선을 의식한 이런 상투적인 인사는 말이다."

"이익!"

오히려 수아레스가 발작하려 했다. 그 순간 카이론은 이미 신형을 돌려 사라지고 있었다. 카이론의 말은 정확하게 수아레스의 의도를 간파한 말이었다. 그런 수아레스를 진정시킨 것은 그의 절친 챨스였다.

"참아라. 저놈은 아직 전장의 무서움을 아직 모르고 있어서 그럴 것이다. 놈은 얼마 안 있어 처절하게 울부짖을 것이다. 살려달라고……."

챨스톤이 웃었다. 그에 분통을 터뜨리던 수아레스 역시 진득한 살소를 베어 물었다. 챨스의 말이 마음에 들었고, 자신을 저주하며 죽어가는 카이론의 모습을 상상하니 기분이 좋아졌다.

"어쨌든 골칫거리를 치웠으니 이제 우리의 앞날을 계획할 때로군."

"우리의 원대한 앞날을 위하여."

"위하여!"

둘은 주먹을 부딪쳤다. 그들만의 어떤 의기투합을 나타내려는 듯이 말이다. 그것은 그들 나름대로의 의미 있는 행동인 듯 보였다. 또한 그들의 얼굴에는 사악한 웃음이 떠오르고 있었다.

*　　　*　　　*

모든 졸업 시험이 완료되었다. 졸업 시험 도중 불미스러운 일이 있기는 했지만 그 정도는 졸업 시험이 진행되는데 아무런 영향도 미치지 못했다. 엘리시온 아카데미의 졸업 시험은 모두 세 가지로 나누어진다.

행정 계열과 마법 계열 그리고 기사 계열로, 행정 계열은 아카데미에서 지정해 주는 곳에서 한 달 동안 실무 능력을 익히고 시험에 통과해야만 했고, 마법 계열은 대륙에 존재하는 4개의 마탑 지부에 학생들을 위탁해 평가를 받는다.

그리고 기사 계열은 그랜드 스파인에서 실전에 대비한 시험을 치른다. 전통적으로 기사학부를 졸업한 이들은 바이큰 족과 전투가 끊이지 않은 최전방에 배치된다.

그런데 제대로 실전 한 번 치르지 못한 상태로 배치할 수는 없기에 쉽게 적응할 수 있도록 오크의 귀를 잘라 오는 것으로 졸업 시험을 치르는 것이다.

하지만 학칙보다 권력이 우선인 작금에 이르러서는 졸업 시험 역시 요식행위로 전락한지 오래였다. 대외적인 체면 때문에 오크의 귀를 가져가야 하는 건 맞지만 대리시험을 치르거나 기사를 줄줄이 대동해 시험을 치르는 등 여러 가지 편법이 난무했다. 심지어 평민 졸업생에게 오크 귀를 사기도 했다.

평민 역시 졸업시험을 치르지 않아도 졸업은 가능했으나, 시험을 본다면 안전한 후방에 배치될 수 있었다. 귀족의 경우에는 온갖 방법으로 면제를 받거나 빠질 수 있었고 말이다.

더 이상 아카데미 졸업과 군 복무는 명예로운 일이 아니었다.

바이큰 족과의 전투는 수백 년 동안 있어왔다. 그동안 본래의 취지는 변하였으며, 지금에 와서는 정적을 제거하거나, 정치적인 입지 혹은 권력을 유지하기 위한 방편으로 이용되고 있었다.

이런 사실을 알고 있는 카이론은 그러한 이복형 수아레스의 행동이 무엇을 의미하는지는 어렵지 않게 짐작할 수 있었다.

'최악의 전선으로 배치되겠지.'

가문에 형제가 있는 경우 정식 후계자보다는 차자를 군에 복무시킨다. 자신의 아들을 군에 보냄으로서 귀족의 의무를 다함으로써 정치적인 입지를 강화시킬 수 있기 때문이다.

카이론의 경우도 마찬가지다. 백작가의 정치적 위상을 상승시키기 위한 도구로 사용되는 것이다. 더불어 카이론이 사망한다면 자동적으로 후계가 안정되는 효과까지 있으니 수아레스의 입장에서는 손 안대고 코 푸는 격이다.

졸업 시험이 끝나고 졸업을 며칠 앞둔 시점에서 아카데미의 기사학부 학부장이 카이론을 호출했다. 카이론으로서는 이미 어느 정도 예상했던 바였고, 오히려 기다린 바였다.

노크를 하고 학부장실 안으로 들어가자 탄탄한 몸을 가진 중년인이 날카로운 눈빛으로 카이론의 전신을 훑어보았다. 그가 바로 이곳 엘리시온 아카데미 기사학부장인 아드리안 리히츠 자작이었다.

"거기 앉게."

카이론은 학부장 리히츠 자작이 가르킨 자리에 착석했다. 학부장인 리히츠 자작은 그런 카이론을 유심히 살피다가 조금은 아깝다는 표정을 지으며 입을 열었다.

"근래 들어 자네에 대한 이야기로 기사학부가 시끄럽더군."

카이론은 굳이 대답할 필요성을 느끼지 못했다. 귀족이란 대체로 그렇다. 본론을 말하기 전에 서론을 길게 끌고 나가는 것 말이다. 또한 무슨 말을 할지 이미 어느 정도 짐작하고 있기에 카이론은 기다렸다.

"자네가 복귀한 후 아카데미의 기사학부 교관과 교수가 모두 모여 회의를 진행했네."

카이론은 미약하게 고개를 끄덕였다. 무척이나 담담한 얼굴이었다. 그런 카이론의 태도에 오히려 학부장 리히츠 자작이 눈을 빛냈다. 그럴 수밖에 없었다.

대상이 아무리 대단한 가문의 자제라 할지라도 학부장이 직접 호출해 단둘이 대화하는 상황이라면 심적으로 상당한 압박을 당할 수밖에 없었다.

그런데도 카이론은 무척이나 담담했다.

"다들 이구동성으로 자네의 행동이 졸업하는데 어떠한 결격 사유도 없다고 말하더군."

여전히 카이론은 말이 없었다. 학부장이 카이론의 눈동자를 바라보았다. 무슨 생각을 하는지 도무지 종잡을 수 없었다. 이런 학생이 과연 지난 6년간 집단 따돌림을 당했다는 사실 자체가 의심스러울 정도였다.

"하지만 그렇다고 하더라도 조를 이탈한 것은 용서할 수 없는 사항이긴 하네. 알다시피 학생 두 명과 기사 세 명이 크게 다쳤으니 말이야."

고개를 끄덕이는 카이론이었다. 처음으로 보이는 반응이었다.

"하지만 아카데미에서는 자네를 불명예스럽게 유급시키는 것보다는 수색조를 도와 스스로 복귀한 것과 시험을 무사히 완료한 공을 보아 졸업장을 미리 전달하기로 했네. 받게."

학부장이 내미는 서류를 받아든 카이론은 대충 들춰보며 확인했다. 첫 장은 졸업장이었고 그 밑으로는 명령서가 보였다.

"보면 알겠지만 졸업장일세. 자네는 이미 졸업생이 된 것이지. 그리고 조만간 군부에서 사람이 나와 자네를 데려갈 것이네. 그전까지 떠날 준비를 끝내 놓게."

학부장은 자신이 할 말을 다 마쳤는지 턱으로 문을 가리켰다. 볼일 끝났으니 밖으로 나가라는 뜻이었다.

카이론은 학부장의 말에 알았다고 대답하고는 자리에서 일어나 밖으로 나갔다. 그 어떤 의문도 제시하지 않고 모든 것을 감내하는 모습에 학부장은 고개를 한 번 저었다.

"쯧. 아깝군. 서자만 아니었더라면 한 번 가르쳐 볼 만한데 말이지. 그나저나 아카데미의 기사학부장이 겨우 이런 짓거리나 해야 하다니……."

하지만 어쩔 수 없었다. 자신에게 이번 일을 의뢰한 자는 자신의 약점을 단단히 틀어쥐고 있었다. 물론 그 약점을 없애는 대가로 이 정도 일을 해주는 것은 상당히 싸게 먹힌 것이긴 했지만 자존심이 상하는 것은 어쩔 수 없었다.

학부장은 고개를 한 번 털어 모든 것을 잊겠다는 표정을 짓고 다시 업무에 열중했다. 학부장실에는 다시 정적이 찾아왔고, 서류를 결재하는 펜과 종이 사이에 이는 마찰음만 남았다.

학부장실을 나온 카이론은 담담하게 캠퍼스를 걸어갔다. 예전 같았으면 그를 놀리기 위해 몇몇의 귀족이 달려들었겠지만 예전과는 전혀 달라진 카이론의 위용에 그를 괴롭히던 이들은 그의 눈을 피하기 바빴다.

'군대란 말이지…….'

이복형인 수아레스의 말이 현실화되었다. 다시 군대에 가게 된 카이론은 이 세계의 군대에 대해 궁금해졌다. 과연 이곳의 군대는 어떻게 돌아가는지 말이다. 때문에 그는 곧바로 자신이 묵고 있는 기숙사를 향해 가지 않고 아름드리나무가 많은 도서관으로 향하고 있었다.

그는 도서관 사서에게 자신의 신분을 밝히고 내부로 진입했다. 그리고 각 분야별로 나눠진 책장을 헤맨 끝에 군사 분야가 정리되어 있는 곳을 발견했다.

카이론의 눈이 반짝였다. 그를 군사학 개론부터 시작해서 하나씩 읽어 나가기 시작했다. 하지만 그의 속도는 그야말로 대단해서 남이 본다면 그저 아무 생각 없이 책장만 넘기는 것처럼 보였다.

'결론은 지휘체계나 계급은 21C의 지구와 같다는 거로군. 그리고 바이큰 족은 십부장, 오십부장, 백부장, 천부장, 오천

부장, 만부장으로 이뤄지고 말이지.'

그랬다. 21C의 군 체계와 비슷했다. 분대장이 있고, 소대장이 있으며, 중대장과 대대장이 있으니 말이다. 달라질 것은 없었다. 아니, 지금 이 순간 카이론은 적대적인 백작가로 돌아가느니 오히려 군대에 가는 것이 더 나을지도 몰랐다. 그의 또 다른 이면에는 오랜 시간동안 군인 생활을 했던 이산의 경험이 있으니 말이다.

탁!

마지막 책장이 끝났다.

지난 3일 동안 군에 관련된 수백 권의 책을 읽은 카이론이었다. 그리고 마침내 그가 내린 결론은.

'다를 게 없다.'

어차피 이곳이나 저곳이나 군대 역시 사람 사는 곳이고 시커먼 남정네들 모아 놓은 곳은 마찬가지란 말이었다.

지구와 다른 점은 위관급은 아카데미 졸업생 혹은 힘없는 귀족 가문의 서자가 주를 이루고, 영관급은 남작이나 자작 같은 귀족이 맡는다는 것이다. 대부분의 대대장은 남작이고, 연대장이나 여단장급은 자작에게 할당된다. 또한 군단장급은 대체로 백작이 해먹고, 방면군 사령관은 후작이나 공작이 맡았다.

어떻게 보면 상당히 체계가 잘 잡힌 조직이었다. 공, 후, 백, 자, 남작으로 이어지는 귀족 체계와 기사의 존재는 중세와 같으나 마법이 존재한다는 점과 왕이 강력한 권한을 지니고 있다는 것은 분명 다른 점이었다.

무엇보다 재미있었다. 이미 알고 있는 지식이지만 그 지식을 다시 곱씹어 본다는 것이 이렇게 재미있는 줄을 몰랐다. 그리고 마지막 책을 덮고 책장에 집어넣는 순간 누군가의 인기척이 느껴졌다.

아주 익숙한 느낌이었다. 카이론의 시선이 그곳으로 향했다. 수아레스의 심복이라 자처하는 크리스 패튼이었다. 그는 에라크루네스 백작과 이웃한 로저스 패튼 자작가의 장자이다.

그리고 이복형 수아레스와 함께 자신을 가장 많이 괴롭힌 자이기도 했다. 그 뒤에는 몇명의 덩치 좋은 기사가 있었지만 덩치로는 카이론을 따라올 자는 드물었다.

"오~ 카이론 에라크루네스 소위께서 이곳에 있었구만."

짐짓 반갑게 카이론을 향해 입을 여는 크리스 패튼이었다. 이미 카이론에 대해 알 만한 사람은 다 알고 있다는 것을 의미했다. 특히나 이복형 수아레스와 함께 몰려 다녔던 이들에게는 말이다.

"무슨 일인가?"

무덤덤하게 입을 여는 카이론. 그에 크리스 패튼이 어쩔 수 없다는 듯이 어깨를 으쓱해 보이더니 입을 열었다.

"조용한 곳에서 이야기 좀 했으면 해서 말이지."

그에 카이론의 시선의 뒤에 선 다섯 명의 기사에게로 향했다. 풀 플레이트 메일을 입었기에 기사로 보였으나 그들에게서 느껴지는 것은 기사들의 정제된 것이 아닌 난폭함 그 자체였다.

"뒤에 선 자들을 믿는 모양이군."

"크크. 그놈 참 귀엽게 노는군."

카이론의 말에 한 명의 기사가 누런 이빨을 드러내며 입을 열었다. 말하는 모양새를 보건데 분명 기사는 아니었다.

"용병이로군."

"겁나나?"

크리스 패튼이 카이론을 도발했다. 그에 카이론은 피식 웃었다. 열여덟 살짜리의 유치한 도발에 가슴 한쪽 구석에서 불이 이는 걸 느낀 것이다.

"좋은 곳이 있나?"

"따라 올 수 있다면."

그들은 어깨를 나란히 하고 걸었다.

누가 본다면 참으로 다정한 모습일 테지만, 그들의 관계를 알고 있는 아카데미 학생이라면 절대 그 모습이 다정스러운 것이 아니라는 것을 잘 알고 있었다.

크리스 패튼과 다섯 명의 사나운 기사가 카이론과 함께 도착한 곳은 정말 이런 곳이 있었나 싶을 정도로 아름다움을 자랑하는 아카데미의 구석진 곳이었다.

버려진 건물도 몇 개 보였고, 이런 저런 쓰레기까지 쌓인 호수하며 누구 하나 없애는 곳으로는 최적의 장소처럼 보였다. 또한 이곳은 아카데미 내에서 안 좋은 소문이 무성한 곳으로 인적이 극히 드문 지역이기도 했다.

"좋은 곳이로군."

카이론이 주변을 둘러보며 입을 열었다.

"그거 기억 나냐? 5년 전 이곳에서 담력 시험을 했던 것을 말이다. 그때 넌 저기 보이는 폐건물에서 기절했었지."

이죽거리듯이 말을 하는 크리스 패튼이었다. 그의 말에 카이론은 작게 고개를 끄덕였다.

"기억나는군. 온갖 오물을 외부로 뿜어낸 것도 말이지."

자신의 치욕스러운 과거이건만 마치 남의 일처럼 말하는 카이론이었다. 그러한 그의 태도가 마음에 들지 않았던 것일까? 크리스 패튼의 얼굴이 찡그려졌다.

하지만 또 무슨 생각이 들었는지 찡그린 얼굴을 펴고 입가에는 미묘한 웃음을 떠올리며 두 손을 허리에 척 얹고 두 다리를 벌렸다.

"가랑이 사이로 기어들어가 봐!"

카이론이 그런 크리스 패튼을 바라봤다. 그러다 고개를 갸웃했다.

"아무래도 힘들 것 같군. 너무 작아서 내가 기어 들어가면 찢어질 것 같아서 말이지. 그래도 괜찮나?"

"큭!"

크리스 패튼을 호위하고 있던 다섯 기사의 입에서 짧은 웃음소리가 흘러나왔다. 아닌 게 아니라 크리스 패튼은 상당히 작았다. 165cm 정도. 그의 뒤에서 그를 부르기를 땅꼬마라 부를 정도니 말이다.

"놈! 진정 죽고 싶은 모양이로구나."

피식!

크리스 패튼이 인상을 구기고 어금니를 씹으며 살기 짙은 말을 내뱉자 카이론이 보인 행동이었다. 그것이 더 크리스 패튼을 화를 돋우게 하는 모양이었다.

"이… 이……."

"새끼. 귀엽게 노네."

"크크큭!"

지금과는 전혀 다른 카이론의 말이었다. 어디까지 하나 싶은 마음에 어울려 주고는 있지만 사실 카이론은 어처구니가 없었다. 그는 이런 놈을 그렇게 무서워했던 이전의 카이론을 생각하며 고개를 저었다.

그런 카이론을 바라보며 크리스 패튼이 분노에 찬 소리를 질렀다.

"죽인다!"

그러면서 크리스 패튼은 그 자신이 앞으로 나서는 것이 아니라 다섯 호위 기사들 틈으로 빠져나갔다. 그리고 자연스럽게 다듬어지지 않은 기세를 가진 기사들이 앞으로 나섰다.

그들은 이런 경우를 많이 경험했던지 나섬과 동시에 카이론을 둥그렇게 에워쌌다. 하지만 카이론의 덩치를 제외하고는 별로 볼 것도 없다는 듯이 그들의 포위는 상당히 느슨했다.

"갑갑할 텐데 그만 벗지?"

카이론은 그들의 정체를 완벽하게 파악하고 있었다. 그들이 풍기는 다듬어지지 않고 드센 기세는 절대 기사의 것이 아니었으니까. 그에 다섯 명의 기사는 어깨를 으쓱해 보이며 불편했던 풀 플레이트 메일을 벗었다.

그러자 드러나는 그들의 몸체. 물론 그렇다고 해봐야 카이론에 비하면 그리 거대하지도 않았지만 그런대로 거구의 몸집을 하고 있었다. 다만, 카이론과 다른 점이라면 그들의 얼굴이나 몸 전체에 온갖 상처와 함께 상대를 위협하기 위한 조잡한 문신이 지렁이처럼 꿈틀거렸다는 점이었다.

"몸이 도화지냐?"

"뭐?"

당연히 다섯 용병은 알아듣지 못했다. 21C 지구에서 사용되는 말을 알아들을 턱이 없었다.

그때였다.

까딱! 까딱!

카이론의 손가락이 까딱거렸다.

"이런 어린놈의 새끼가 어른한테 손가락질하네?"

"여기나 저기나 말만 하면 어린놈, 어른을 따지는군."

혼자 그렇게 중얼거리는 동안 카이론의 정면에 있던 용병이 카이론을 향해 주먹을 휘둘렀다. 제 딴에는 선빵 필승이라는 용병계의 속담을 인용한 행동이었지만 카이론에게는 전혀 아니었다.

턱!

"어?"

용병이 휘두른 주먹을 그대로 잡아버린 카이론이었다. 용병도 어디 가서 작다고 할 수 없는 체구였지만 카이론에 비하면 아무것도 아니었다. 마치 어린아이의 주먹을 잡듯이 아주 가볍게 잡아버린 카이론이었다.

우드드득.

"이이… 크, 크흐윽!"

놓으라는 말 대신에 비명 소리가 흘러 나왔다. 카이론의 손에 잡힌 주먹에는 연신 뼈가 부러지는 소리가 들려왔다.

"이 새끼가!"

전면에 있던 용병이 바스타드 소드를 휘두르며 카이론을 공격해 갔다.

바스타드 소드는 한 손으로 사용하지만 필요에 따라서는 양손으로도 사용할 수 있는 손잡이가 긴 검이었다. 전체 길이는 115~140cm, 날 폭은 2~3cm, 무게는 2.5~3kg 사이로 방패와 같이 사용할 수 있어 용병계에서 널리 사용되는 검이었다.

그런데 지금 공격해 오는 용병은 방패는 애초에 가지고 오지도 않았는지 바스타드 소드를 두 손으로 잡고 서 있던 그 자리에서 앞으로 한 걸음 크게 내딛으며 아래에서 위로 그어 올렸다.

어떤 면에서는 찌르기보다 그편이 더 빠를 수도 있었다. 찌르기 위해서는 한 가지의 동작이 더 첨가된다. 하지만 아래에서 위로 그어 올리면 그 한 동작이 생략되기 때문에 한 박자 빠른 공격이 가능했기 때문이었다.

하지만 그것은 통상적인 사람에게나 통하는 공격법이다.

카아앙!

막혔다. 분명 그가 가진 무기는 없었는데 어느새 카이론의 손에는 특이한 모양의 검이 들려져 있었다. 바로 열전도 나노 튜브 블레이드였다.

"치이익!"

용병이 휘두른 검이 카이론의 튜브 블레이드와 부딪히고는 떨어지지 않았다. 떨어지지 않는 대신 용병의 바스타드 소드가 주황색으로 물들어갔다.

"이게 무슨……."

툭!

그리고 기어코 바스타드 소드가 두 동강이가 났다. 그것도 아주 깨끗하게 잘려 나갔다. 그 용병은 허탈한 듯 자신의 바스타드 소드를 바라보았다. 수년을 함께한 무기였다.

그런데 단 한 번에 깨끗하게 잘려 나간 것이었다. 그러다 용병이 카이론을 바라보았다. 입술이 꿈틀꿈틀하며 무언가 말을 하려다 이내 포기하고 등 뒤에 있던 두 자루의 배틀 엑스를 꺼내 들었다.

"너! 죽인다!"

용병의 그 말에 카이론이 씨익 웃었다.

"죽일 수 있다면."

그러면서 자신의 오른손에 잡혀 있던 용병의 주먹을 잡고 그대로 홱 뿌리쳤다.

"크으윽!"

육중한 용병이 마치 구겨진 종잇장처럼 날아가 땅 위에서 나뒹굴었다.

"죽어 새끼야!"

이어서 네 명의 용병이 카이론을 향해 쇄도했다. 원래는 죽일 생각까지는 없었지만 이제는 죽이지 않을 수 없었다. 죽이지 않으면 이 치욕을 갚을 길이 없었기 때문이었다.

그들이 부딪히는 순간 조금 거리를 두고 그들을 바라보고 있던 크리스 패튼의 얼굴은 경악으로 물들어 있었다. 도저히 있을 수 없는 일이 일어나고 있었기 때문이었다.

솔직히 카이론이 변했다는 말을 들었을 때 코웃음을 쳤다. 덩치만 큰 겁쟁이가 변해봐야 얼마나 변하겠는가 말이다. 그래서 직접 나섰다. 그런데 아니었다. 정말 아니었다.

자신의 눈앞에 있는 자는 자신이 기억하는 카이론이 아니었다. 발끝에서부터 두려움이라는 것이 무릎을 타고 척추로 이동해 뒷골을 때리기 시작했다. 숨소리가 거칠어지고, 이마에는 식은땀이 흘러나오고 있었다.

"끄아악!"

용병 한 명의 팔을 꺾어버리는 카이론. 뒤이어 또 다른 용병의 목을 팔로 감더니 발뒤축으로 무릎을 쳐 역으로 꺾어버렸다. 당연히 돼지 멱따는 소리와 함께 우렁찬 비명 소리가 터져 나왔다. 두 번의 행동은 없었다.

잡히면 잡히는 대로 꺾어버렸고, 용병들은 비명 소리를 지르며 나뒹굴었다. 그리고 다섯의 용병이 고통을 이기지 못하고 기절한 것은 불과 5분도 되지 않았다.

숨소리조차 거칠어지지 않은 카이론은 널브러진 용병 두 명을 질질 끌고 크리스 패튼에게로 걸음을 옮겼다. 크리스 패튼은 사색이 된 얼굴로 뒷걸음질 쳤다.

"오, 오지… 마!"

"……."

그러나 카이론은 아무런 말도 없었다. 오히려 그런 카이론의 모습이 크리스 패튼에게는 더욱더 공포로 다가오고 있었다.

턱!

그런 크리스 패튼의 등 뒤에 딱딱한 무언가가 닿았다. 그것은 더 이상 물러날 수 없다는 것을 의미했다. 크리스 패튼은 주변을 둘러볼 생각조차 하지 못하고 그 자리에서 덜덜 떨었다.

주르륵!

그러다 문득 그의 아랫도리에서 축축한 물이 흘러내렸다. 카이론의 시선이 크리스 패튼의 가랑이 사이를 보다 두 명의 용병을 그 앞에 던졌다. 그리고 남은 세 명의 용병 역시 그의 옆으로 집어던졌다.

털썩.

"끄륵!"

용병들은 이미 기절해서인지 미약한 신음만 내며 미동조차 하지 않았다. 그 모습을 본 크리스 패트은 거의 울 듯한 얼굴로 카이론을 바라보았다.

와락!

"으그극!"

카이론이 크리스 패튼의 멱살을 움켜잡고 들어 올렸다. 크리스 패튼은 카이론의 멱살을 풀기 위해 발버둥을 쳤지만 카이론의 힘은 결코 그가 어떻게 해볼 수 있을 정도의 것이 아니었다.

카이론은 크리스 패튼을 자신의 얼굴 앞으로 끌어올렸다. 크리스 패튼의 얼굴은 겁에 질려 있었다.

"수아레스에게 전해라. 이 따위 장난은 사절이라고 말이지. 날 죽이려면 확실하게 자신의 손에 피를 묻히라고 전해라."

카이론은 그 말을 마침과 동시에 오른손으로 언월도를 빼들어 한 번 휘둘렀다.

크리스 패튼은 그가 휘두른 언월도의 섬광을 보았다.

그리고 그 섬광이 지나간 자리를 멍하게 바라보았다. 다섯 용병의 목에 붉은 혈선이 생겨났다. 그리고 그 혈선 사이로

핏방울이 맺히기 시작했다.

"그리고 고맙다고 전해라. 확실하게 죽일 수 있게 마음을 정하는데 도움을 줘서 말이다."

이 말은 사실이었다. 카이론이 21C 지구에서 군인이었다. 이곳에서 살아왔던 영혼과 하나가 되었지만 어디까지나 지금 영혼의 주인인 21C 지구의 이산이었다.

그는 군인으로서 명령에 의해 작전을 수행하고 임무를 완수하기 위해 살인을 저질렀다. 즉, 개인적인 감정은 완전히 배제된 상태에서의 살인이라 할 수 있었다. 물론 그것은 개인적인 정당성이고, 한 국가의 이권에 따른 정당성이겠지만 어쨌건 그것은 사사로운 것이 아닌 공적이며 정당성을 지니고 있었다.

하지만 이곳에서는 아니었다. 살인을 함에 있어 지극히 사사로울 수 있었다. 마음에 들지 않으면 평민이나 노예 한 명을 죽이는 것은 어떤 정당성 없이도 저지를 수 있었다.

살인이라는 것. 이곳에서는 생존하는데 있어서 필요한 하나의 수단일 뿐이었다. 카이론은 지금 그것을 깨달았다. 이계에 넘어와서의 첫 살인. 정신적인 충격을 받은 것은 아니었다.

다만, 마음을 정했을 뿐. 필요하다면 목숨을 취하는데 망설이면 안 된다.

휘익!

"크허억!"

그 후 바로 크리스 패튼을 집어 던져 버리는 카이론이었다. 그리고 뒤도 돌아보지 않고 느릿하게 자리를 벗어났다. 그 모습은 마치 포식을 마친 오거와 같은 모습이었다.

그 사건 이후로 카이론의 곁으로 다가온 이는 아무도 없었다. 발 없는 말이 천리를 간다는 말이 있다. 아무도 모를 것 같으나 소문은 금방 퍼졌다. 입단속이란 것이 한다고 해서 되는 것이 아니었다.

결과적으로 군부에서 자신을 인도할 장교가 나올 때까지 열흘의 시간 동안 카이론은 조용하게 지낼 수 있었다. 그리고 그 열흘의 시간은 진정 빠르게 지나갔다.

마차 한 대가 엘리시온 아카데미의 정문을 통과했다. 레드 드래곤이 그려져 있는 황금색 방패 위로 새까만 검 두 자루가 교차된 문양이 그려진 문장기를 꽂은 마차였는데 그 표식은 카이론이 알기로는 최정예 군단인 9군단의 문장기였다.

현재 바이큰 족과 대치하고 있는 곳이 북부군인데 그중 가장 첨예하게 대치하고 있는 곳이 바로 9군단이었다.

마차는 엘리시온 아카데미의 기사학부 행정실이 있는 건물 앞에 멈춰 섰고, 이내 무뚝뚝한 인상의 사내 한 명이 마차에서 내렸다. 새로운 입대자를 인수하기 위해 온 군부의 중령

계급장을 단 영관 장교였다.

'군단 인솔 장교인가?'

그렇다면 중령급이 맞긴 하다. 하지만 보통 중령이면 전방에서는 대대장급. 군단이라 할지라도 실무진이라 할 수 있었다. 보통 이런 아카데미에 직접 인솔 장교로 파견되는 장교는 위관급 즉, 대위였다. 그런데 위관이 아닌 영관 장교가 직접 움직인다는 것은 실로 드문 일이라 할 수 있었다.

군단 인솔 장교가 내리자마자 행정실이 있는 건물 앞으로 카이론이 걸음을 옮겼다. 인솔 장교는 카이론의 모습을 보고는 흠칫 놀랐다. 놀라지 않은 것이 오히려 이상했다.

'뭐지? 분명 무언가 날카로운 기세를 느꼈는데 말이야. 설마 저 친구가?'

거대한 체구는 차치하고라도 날카로운 기세 때문이었다. 익스퍼트 중급 이상의, 백전노장의 기세를 느꼈는데 어느 순간 거짓말처럼 기세가 사라져 버렸기 때문이었다.

하지만 그런 기세를 풍길 수 있는 사람이 이런 아카데미에 남아 있을 리는 없었다. 물론 아카데미의 교관이나 교수를 폄하하는 것은 아니지만 아무래도 기사의 입장에서 후학을 기른다는 것은 어느 정도 나이가 든 이들이나 혹은 약간 실력이 떨어지는 경우가 다반사였기 때문이었다.

거대한 체구를 빼면 지극히 평범해 보였다. 비범한 얼굴이라기보다는 선이 굵은 남자다운 얼굴이었고 체구가 너무 컸다. 큰 체구는 전장에서 좋은 표적이 될 수 있기에 좋지 않게 작용할 수 있었다.

'그런데 묘하게 당당하다.'

초급 장교 대부분은 불안하고 두려운 마음을 가진다. 죽음이 난무하는 곳으로 향하는데 당연한 마음일 것이다. 그런데 카이론의 눈빛에는 전혀 그런 두려움을 찾아 볼 수 없었다.

"카이론 에라크루네스?"

"예."

"마차에 타도록."

인솔 장교는 일체의 설명도 없이 딱딱한 명령을 내렸다. 카이론은 즉시 마차에 올랐다. 그 주저하지 않는 모습에 인솔 장교는 또 이채를 발했다.

"오랜만에 물건 하나 건진 건가?"

인솔 장교가 독백을 하며 행정실 안으로 들어갔다. 그리고 서둘러 서류를 처리한 뒤 마차에 올랐다. 사실 서류 처리할 것도 없었다. 다른 이들은 졸업을 기다리고 있었고, 지금 시기에 임관하는 이는 카이론밖에 없었기 때문이었다.

수많은 시선이 9군단의 군단 기가 꽂혀 있는 마차로 향하고 있었다. 그중에는 득의만만한 웃음을 짓고 있는 이복형인 수아레스도 있었고, 그의 절친인 챨스도 있었으며, 그의 사라지는 모습을 안타깝게 바라보는 콜린스 교수도 있었다.

카이론은 마차에 탄 채로 창밖을 내다봤다. 그의 눈에는 지난 6년 동안 지내왔던 엘리시온 아카데미의 캠퍼스가 펼쳐졌다. 그러한 카이론을 맞은편에서 유심히 관찰하고 있는 인솔 장교.

그와 카이론의 시선이 마주쳤다.

"아직 도착하려면 멀었으니 대화나 하지. 사고 좀 쳤다고?"

"사고 친 귀족가의 자제가 어찌 저 혼자만 있겠습니까?"

의례적으로 답하는 카이론이었다.

"그래? 하지만 말이지 웬만한 사고로 졸업식이 한 달이나 남은 상황에서 이렇게 서둘러 장교로 임관시키지는 않지. 듣자 하니 졸업 시험에서 조를 이탈하여 혼자 사냥했다고?"

"길을 잃었을 뿐입니다."

그냥 대충 말하는 것 같았지만 이 정도면 아주 자세하게 알고 있는 것이었다.

"길을 잃은 것 치고는 상당한 전과더군. 오크의 귀는 백 개가 훌쩍 넘고 트롤을 여섯 마리나 잡았다지? 그리고 마지막 한 마리는 아주 두 쪽으로 쪼갰다던데 말이지."

카이론의 시선이 영관 장교에게로 향했다. 이것은 콜린스 교수와 몇몇 기사만 아는 이야기였다. 정보력이 보통이 넘는 다는 말일 것이다. 그 반면에 인솔 장교는 굉장한 호기심이 일었다.

오크는 모르겠지만 트롤은 솔직히 쉽지 않았다. 정론이라면 기사 다섯이면 트롤을 상대할 수 있다. 하지만 그 말이 정말이냐고 묻는다면 '아니다' 라고 말을 한다.

왜냐하면 바로 몬스터는 몬스터만이 가지는 기세가 있다. 광폭한 기세 말이다. 그 기세는 여간해서는 적응하기 힘들어서 초짜 장교나 기사는 그 포효만으로도 그 자리에서 얼어붙는다.

오크도 마찬가지다. 기본적으로 지능을 제외하고는 신체 능력은 인간을 월등히 뛰어 넘는 것이 몬스터이다 보니 초짜 기사들은 오크에게도 죽을 수 있다.

한데, 기사도 아닌 일개 학생이 단신으로 한 조가 담당해야 할 오크를 백 마리 이상 잡고, 트롤을 두 쪽 냈다고 하는데 어찌 호기심이 일지 않을 수 있겠는가? 물론 그 말을 전부 믿는 것은 아니었다.

다만, 실제 카이론을 거대한 체구를 보니 가능하지 않을까 하는 생각이 들었다. 더불어, 나이답지 않게 굉장히 차분하고 노련해 보이는 행동까지도 말이다.

"던전에서 마법이 스트렝쓰와 샤프니스가 걸린 기형적인

롬파이아를 얻었습니다. 과거의 롬파이아가 굽은 안쪽에 날이 선 반면 제가 얻은 것은 외곽에 날이 섰고, 용도가 찌르기보다는 베기에 적합한 것이지만 덕분에 쉽게 트롤을 잡을 수 있었습니다."

카이론은 역시 콜린스 교수에게 했던 말을 그대로 했다. 하지만 영관 장교는 그것을 믿지 않는 눈치였다. 하지만 더 이상 캐물어도 대답해 주지 않을 것 같아 질문을 종료했다.

솔직히 별로 믿어지지 않았다. 마법 무기만으로 트롤을 두 쪽 낼 수 있다면 트롤이 상위 몬스터로 매겨질 이유가 하나도 없었기 때문이었다. 때문에 인솔 장교는 카이론이 더 이상 말하지 않겠다는 완곡한 표현쯤으로 생각할 수밖에 없었다.

마차 안은 다시 정적이 흘렀다. 그에 인솔 장교는 조금 심심했던지 다시 입을 열었다.

"묻고 싶은 것은 없나?"

인솔 장교의 선심성 말에 카이론은 잠시 생각에 잠겼다가 입을 열었다.

"전쟁 상황은 어떻습니까?"

그에 인솔 장교는 의외라는 듯이 눈을 빛냈다.

"왜? 두렵나?"

인솔 장교는 그렇게 물으면서도 카이론이 전쟁을 두려워하기보다는 오히려 기대하고 있다는 것을 알 수 있었다. 수없이 많은 군인을 보아왔다. 그런 것쯤은 눈빛만 봐도 훤했다.

"최근 들어 큰 싸움은 거의 없네. 어쩌면 이대로 종전이나 휴전이 될 수도 있겠지. 하지만 한 번 정도는 큰 싸움이 날 수도 있을 게야."

약간의 안도와 실망, 하지만 한편으로는 기대되기도 했다. 카이론이 안도감을 느낀 것은 본능적으로 안전할 수 있다는 것을 느꼈기 때문이고 실망감이 든 것은 자신의 실력을 실전에서 확인하지 못할 수도 있기 때문이다.

사실 카이론은 자신의 실력이 어느 정도인지 알 수 없었다. 싸움다운 싸움을 해본 적이 별로 없었기 때문이었다. 물론 던전에서 데스 나이트와 마족을 상대하기는 했지만 그들의 실력이 대체 어느 정도인지 알 수 없었다. 다만, 지금까지 경험한 바로는 자신의 실력은 최상위 계층에 해당되지 않을까 하고 추측할 뿐이었다.

그리고 기대감이 든 것은 사람들을 만날 수 있다는 것 때문이었다.

군대는 자신만의 세력을 만들 수 있는 곳이다. 다른 이들에게는 죽음의 장소겠으나 어찌 보면 카이론에게는 기회의 장소가 될 수 있었다.

"기대되나?"

카이론의 그런 복잡한 심정 중 하나를 읽은 인솔 장교가 입을 열어 물어보았다. 영관 장교와 카이론의 시선이 부딪혔다.

"정말 기대되나 보군. 죽음이 두렵지 않다는 건가? 전장은 아카데미의 대련과 차원이 다르지. 살기와 투기가 넘쳐 나고, 피가 강처럼 흐르며 시체가 산을 이루지. 때로는 그 속에서 씻지도 못한 채 식사를 해야 하고 말이지. 그런데도 기대하고 있는 건가?"

상당히 긴 인솔 장교의 물음이었다. 카이론은 인솔 장교의 시선을 피하지 않았다.

"어차피 귀족 가문의 서자. 이곳의 삶이나 그곳에서의 삶이나 마찬가지 아니겠습니까? 오히려 자신의 뜻에 따라 병력을 움직일 수 있다는 점에서는 이곳보다는 그곳이 나을 듯합니다."

카이론의 말에 인솔 장교는 고개를 주억거리며 놀랍다는 듯 말했다.

"그렇긴 하지. 그런데 말이야, 자네는 정말 사람을 설레게 만드는군. 참으로 기대돼."

카이론의 담담한 말투와 마치 백전노장과 같은 말투는 인솔 장교에게 충분히 흥미로운 부분이었다. 그리고 살펴보는 재미가 있을 것 같았다.

이런 형식으로 전장에 투입되는 초급 장교를 수없이 보아 왔다. 뭔가 뒤가 구린 귀족들이 처리하는 방식은 다 비슷비슷하다. 이번에도 아마 그럴 것이다. 그렇다면 카이론 에라크루네스는 상당히 치열한 삶을 살아가게 될 것이다.

진정으로 그가 대단하고 치열한 삶을 살아간다면, 그리고 그 치열함이 무용담이 되어 자신의 귀에 들려온다면… 무료하게 작전 지역의 후방에 처박혀 있는 자신에게 상당한 재미를 선사할 수 있을 것이다.

'정말 기대되는군.'

인솔 장교는 생각은 진심이었다. 죽이려 하는 자와 살아남으려는 자. 재미있지 않은가? 최고의 재미는 불구경과 싸움구경이지 않은가?

인솔 장교가 그렇게 생각에 잠겨드는 동안 카이론 역시 생각에 잠겨들었다. 그러한 카이론을 바라보며 인솔 장교는 생각했다.

'너무 차분해. 마치 폭발하기 직전의 화산을 보는 것 같다고나 할까?'

그는 끊임없이 카이론을 관찰하고 혼자 상상의 나래를 펼쳤다. 그러는 동안 카이론은 9군단 군당 사령부에 도착할 수 있었다.

9군단장은 알렉산드로 메드베데프 백작으로 이미 검으로는 익스퍼트 최상급에 도달했고 나름 정치 경력도 있는 귀족이었다. 군인이지만 영지를 가지고 있으며, 중앙 정치에도 나름 입김을 쓸 수 있는 자였다.

9군단의 주둔지는 넓었다. 인솔 장교는 군단장을 만나기
위해서는 며칠 기다려야 한다고 장교가 머무는 곳에 숙소를
하나 마련해 주더니 이튿째 얼굴 한 번 내비치지 않았다.

제5장

98대대 1중대장

카이론은 상관없었다. 인솔 장교가 있든 없든 말이다. 이틀 내내 카이론은 숙소에서 얼굴을 내밀지 않았다. 자신은 정리해야 할 것이 너무 많았다. 또한 앞으로 해야 할 일 역시 산더미였다.

일단, 그는 당하면서 살고 싶지는 않았다. 자신에게는 힘이 있었다. 그 힘이 정확히 어느 정도인지는 알 수 없으나 일반적으로 무시할 수 있는 힘은 절대 아니었다.

힘에는 의무가 따른다고는 하지만 솔직히 모를 일이다. 의무가 따르는지 따르지 않는지 말이다. 힘을 가져본 적이 별로 없었으니. 21C에는 특수군 대령이었지만 그때도 그랬다.

카이론은 그 힘을 오로지 국가를 위해 사용할 뿐이었다. 하지만 블랙홀을 통해 이계에 진입한 지금 그의 생각은 많이 바뀌고 있었다. 이곳이나 저곳이나, 이놈이나 저놈이나 얄팍한 힘에 빠져 허우적거리기는 마찬가지였다.

그래서 자신도 한 번 허우적거려 볼 참이었다. 어차피 덤으로 사는 삶이지 않은가? 한 번 휘젓고 가는 것도 나쁘지 않다고 생각했다. 자신이 옳다고 생각하는 쪽으로 한 번 휘저어 볼 생각이었다.

그러기 위해서는 자신 혼자가 아닌 사람이 있어야 하고, 그 사람들로 세력을 만들어야만 했다. 가끔은 정도보다는 사도를 갈 필요도 있을 것이다. 다행히 돈에는 구애받을 필요가 없었다.

인크레시아와 디크란시아가 자신에게 있으니 말이다. 그러다 문득 궁금증이 일었다. 안에 있는 건 대체 어떤 물건일까? 이미 자연스럽게 내부에 든 물건 일체를 인식하고 있지만 그래도 직접 확인하고 싶었다.

인크레시아에는 무기, 방어구를 비롯해 마법, 정치, 인문학, 연금에 관련한 서적과 실험도구들. 그리고 헤아릴 수 없이 많은 음식과 각종 재료가 담겨져 있었다.

마치 오늘 막 딴 것처럼 싱싱하기 그지없는 음식 재료들이었다. 또한 고대의 동전부터 황금, 보석 같은 귀금속과 아다만타이트, 이터늄, 미스릴 등 조금만 나와도 세상에 난리가 날 정도의 희귀 광석이 즐비했다.

중요한 것은 그럼에도 불구하고 여전히 공간이 남아 있다는 것이다. 그 모든 것이 점유하고 있는 비율이 아공간의 겨우 50분의 1정도였다.

'괜찮군.'

카이론의 생각은 단지 그것뿐이었다. 그 이상 뭐가 더 필요할까? 인크레시아가 그런 휘황찬란함을 가졌다면 디크란시아는 어둠을 가졌다. 데스 나이트, 키메라, 흑마법에 관련한 서적 등 인크레시아와는 정반대의 물건들이었다.

이를테면 인크레시아에는 온도를 유지하고 방어와 함께 주인을 보호하는 역할을 하는 망토가 있다면 디크란시아는 거기에 하나가 더 붙는다. 생명을 담보로 하는 조건 말이다.

카이론은 절로 고개가 끄덕여졌다. 인크레시아는 중간계의 조율을 목적으로 하는 골드 드래곤의 유물이었고, 디크란시아는 중간계의 혼돈을 목적으로 하는 최상급 마족의 유물이었으니 당연히 상이할 수밖에 없었다.

'한 번 해보는 거지 뭐.'

마음을 결정한 카이론의 입가에 스산한 미소가 떠올랐다.

삼 일째 되는 날.

카이론을 9군단으로 인도한 영관 장교가 카이론 앞에 나타났다. 그는 군단장의 업무가 너무 바쁜 관계로 전입신고를 할 수 없다는 말과 함께 곧바로 명령서를 전해 주며 3사단으로 이동하라고 했다.

 그와 함께 온 3사단 영관 장교는 카이론을 인솔해서 다시 3사단 사령부로 향하기 시작했다. 3사단 역시 마찬가지였다. 숙소를 하나 배정하더니 그 이후로 인솔 장교는 코빼기조차 보이지 않았다.

 그리고 그가 배속된 숙소는 위관이 머무는 곳이 아니라 그냥 부사관이 머무는 영내 숙소였다. 당연히 부사관들이 그를 좋게 볼 리가 없었다. 지금 시기에 장교의 전입이나 전출이 있을 리가 없으니 말이다.

 사단의 부사관들이 머무는 숙소에 방치된 지 일주일이 지났다. 카이론은 숙소 뒤에 마련된 작은 연병장에서 가볍게 몸을 풀고 있었다. 그때 누군가가 그런 카이론의 모습을 날카로운 눈으로 노려보고 있었다.

 "흥. 마음에 안 드는군. 이제 겨우 열여덟 살 먹은 어린놈이 장교랍시고 하는 행동이 말이야."

 "누가 아니래냐?"

 연병장에서 나름 수련을 하고 있던 중사 두 명이 투덜거렸다. 그때 한 명의 상사가 그 둘의 대화를 듣고는 흘깃 카이론이 있는 곳을 바라보았다. 그리고는 다시 두 중사에게로 시선을 두었다.

"자리를 마련하면 해보겠나?"

"예?"

갑작스러운 상사의 질문에 처음에는 제대로 알아듣지 못하다 이내 무슨 말인지 알겠다는 듯이 고개를 끄덕였다. 사실 상사도 저 어린 소위가 별로 마음에 들지 않았다.

그것은 언제나 있어왔던 현상이었다. 장교와 사관들 사이의 어떤 알력 말이다. 장교는 어느 정도 부대 생활을 한 후 보직을 바꾸거나 임지를 바꿔 떠난다. 하지만 부사관이 이동할수 있는 방법은 극히 드물었다.

큰 공을 세워 장교가 되는 경우도 있지만 대체 그만큼 큰공이 어느 정도인지 짐작조차 할 수 없었고 말이다. 그리고 군대라는 것이 마냥 계급으로만 돌아가는 것은 아니었다.

기본은 상명하복에 따르겠지만 그렇다고 장교가 부사관을 무시하지는 못한다. 현지 사정을 가장 잘 알고, 모든 병기에 숙달된 자가 부사관이니까 말이다.

그런데 초급 장교들은 그런 부사관들을 인정해 주지 않는다. 군대는 계급이 우선이니 30년을 복무한 상사라 할지라도 소위에게 경례를 붙여하고, 반드시 명령에 따라야만 한다고 생각했다.

또한 군에 오래 있는 장교들은 초급 장교에게는 그런 패기가 있어야 한다고 말한다. 그래서 꼴통 부대장이 부임하면 휘하 장교와 부사관의 분위기가 심상치 않다.

그 이유는 바로 주도권 싸움에 있다.

누가 주도권을 잡느냐에 따라 병력의 운용이 달라진다. 물론 외적으로는 장교가 병력을 지휘하지만 실질적인 주도권을 누가 잡느냐에 따라 군 생활이 달라진다.

그 등쌀에 죽어나가는 것은 역시 병사들이고 말이다. 어쨌든 상사는 혼자 연무를 하고 있는 카이론에게 다가갔다. 카이론은 자신에게 누군가 다가오는 기척을 느끼고 언월도를 세웠다.

"특이한 검이로군요."

"그런가요? 한데 무슨 일인가요?"

카이론은 결코 상대를 무시하지 않았다. 그는 21C 지구에서도 군인이었고, 여기서도 군인이다. 군인의 속성은 너무나도 잘 알고 있다. 반면에 상사는 조금 의외라는 듯한 모습을 보였다.

단 몇 마디지만 초급 장교 같지 않은 행동 때문이었다. 초급 장교는, 그것도 귀족 출신의 초급 장교는 자신보다 계급이 낮으면 무조건 하대한다. 상대가 상사든 중사든 상관하지 않고 말이다.

"한 수 가르침을 청할까 합니다."

상사의 말에 카이론의 시선이 그의 뒤에 몰려 있는 대여섯 명의 사관을 보았다. 그들의 눈빛에 담겨진 의미를 모를 리 없는 카이론이었다.

"그렇지 않아도 무료하던 차에 잘됐군요."

카이론의 승낙에 상사가 손짓으로 사관들을 불러 모았다.

"잘 봐둬라."

"예!"

"마리오 중사 앞으로!"

한 명의 중사가 앞으로 나섰다. 아까 카이론을 험담하던 중사였다.

"충성. 중사 히스 마리오입니다. 잘 부탁드립니다."

"충성. 소위 카이론 에라쿠르네스다."

대련이었다. 카이론은 굳이 존칭을 사용하지 않았다. 그는 이미 대련에 임하고 있는 것이었다. 그에 마리오 중사 역시 작게 고개를 끄덕인 후 자세를 잡아갔다. 9군단의 모토가 '실전을 연습같이, 연습을 실전같이' 니까.

"하압!"

더 이상의 말은 필요 없었다. 마리오 중사가 그의 무기인 롱소드를 들어 거칠게 카이론을 향해 쇄도했다.

왼손에는 버클러를 단단히 붙잡고 있었다. 공격과 방어를 동시에 할 수 있는 기본에 충실한 무장이라 할 것이다. 카이론은 마리오 중사의 롱소드를 가볍게 흘리며 한 바퀴 회전한 후 발을 검과 동시에 어깨를 살짝 밀었다.

"으억!"

예상치 못한 일격에 마리오 중사는 앞으로 고꾸라졌고, 바로 몸을 틀어 일어나려는 찰나, 자신의 목에 대어진 날이 시퍼렇게 선 기형의 언월도를 볼 수 있었다.

"기본에 너무 충실하군."

카이론은 기형의 언월도를 치웠다. 부사관들은 놀란 눈으로 카이론을 바라봤다. 겉으로는 장교 대우를 했지만 속으로는 애송이라 생각했다. 이제 막 아카데미를 졸업해 똥인지 양념인지 찍어 확인시켜 줘야 겨우 깨달을 그런 애송이라고 생각했다. 한데 아니었다.

그 놀람은 지켜보는 부사관들보다 직접 대련을 하고 있는 마리오 중사가 더 컸다. 심장이 밖으로 튀어나올 것처럼 놀라기도 했지만 더 중요한 것은 이루 형언할 수 없을 만큼 부끄럽다는 것이었다.

'이런 애송이에게……'

그의 심장이 빠르게 뛰며 부끄러움에 얼굴이 붉어질 즈음, 예의 무심한 목소리가 마리오 중사의 귓등을 때렸다.

"다시 오도록!"

마리오 중사는 자신의 앞에서 오연하게 서 있는 초급 장교를 바라보았다. 그는 어금니를 꽉 깨물었다. 그의 눈에는 필승의 의지가 담겨지기 시작했다. 그는 자신을 다독였다. 잠시 자신이 방심했던 것이라고 말이다.

하지만 그 대전을 지켜보는 상사는 달랐다.

'실전을 수없이 겪은 자다.'

확실했다. 신임 소위는 실전을 겪은 자였다. 그것도 누구보다 많은 사람을 죽였을 정도로 말이다. 상사라는 계급은 그냥 포커를 쳐서 딴 것은 아니었다. 그리고 그의 판단은 정확했다.

마리오 중사가 다시 몇 번의 페인트 모션을 취하다 재빠르게 카이론의 심장을 향해 찔러 갔다. 카이론은 기형적인 언월도의 날을 비스듬히 세워서 빗겨내고는 마리오 중사를 파고들며 어깨로 가슴을 가격했다.

퍽!

"크윽!"

이번에는 근 5m를 넘게 튕겨져 나가며 벌러덩 누워버리는 마리오 중사였다. 충격이 결코 가볍지 않아서인지 가쁜 숨을 몰아쉬었다. 그 모습을 본 상사가 대련을 중지시키고 카이론을 향해 정중하게 입을 열었다.

"가르침에 감사합니다. 마리오 중사가 여기 있는 사관 중에 가장 뛰어난 자입니다만 소위님께는 당하지 못할 것 같습니다."

"기본기는 탄탄하고 좋소. 하지만 변칙 공격에 너무 약하오. 전장에서는 변칙적인 공격이 생명을 살리는 수가 다반사이니 실전에서 살아남으려면 반드시 변칙적인 공격을 알아둬야 할 것이오."

"말씀 감사합니다."

카이론은 어깨를 으쓱하며 언월도를 수습하고 돌아섰다. 하지만 부사관들은 그 자리에 못이 박힌 듯 움직일 줄 몰랐다. 너무 가볍게 마리오 중사에게 압승한 것에 놀란 것이다.

"뭣들 하는가? 어서 부축하지 않고."

상사는 큰 소리를 냈고, 그제야 정신을 차린 사관들이 달려들어 아직 정신을 못 차리고 있는 마리오 중사를 둘러멨다. 하지만 상사의 시선은 그들을 향하지 않고, 기형의 언월도를 수납하고 휘적휘적 걸어가는 카이론의 뒷모습에 박혀 있다.

'분명 백전노장의 눈빛이다. 겨우 소위가?'

믿을 수 없는 일이었다. 아카데미를 갓 졸업한 소위였다. 그런데 그의 모습에는 백전노장의 풍모가 엿보였다. 상사는 고개를 절레절레 저었다. 생각한다고 어찌 할 수 있는 것도 아니었으니 말이다.

"누구라고?"

"카이론 에라크루네스 소위입니다."

부관의 말에 인상을 찌푸리는 3사단장 제프 플레이크 자작이었다. 며칠 전 자신에게 들어온 청탁에서 나온 이름이다. 그냥 흘려도 될 청탁이었지만 그래도 평소의 친분을 무기 삼아 들어오는 청탁은 솔직히 거절하기 어려웠다.

"자대 배치 전이라고?"

"그렇습니다."

부관의 말에 서류 결재를 하던 깃털 펜을 놓고 몸을 뒤로 젖히는 플레이크 자작. 그는 무언가 곰곰이 생각하는 듯했다. 그러다 이윽고 입을 열어 물었다.

"어떻다고 하던가?"

"…한마디로 백전노장 같답니다."

기다렸다는 듯이 튀어나오는 부관의 말. 그 말은 플레이크 자작의 기대를 완전히 뒤집는 말이었다.

"뭐?"

생각지도 못한 말에 인상을 찡그리며 의자에 묻었던 상체를 일으키며 부관에게 되묻는 플레이크 자작.

"쉬쉬하고 있기는 하지만 어쨌든 부사관 숙소에 머무는 마리오 중사를 단 한 수에 연병장에 나뒹굴게 한 것은 분명합니다."

"누가 그러는데?"

"비번이었던 주임상사가 직접 봤답니다."

"봐준 게 아니고?"

"부사관들과 초급 장교들 간의 해묵은 감정은 잘 아시잖습니까?"

"그래. 그렇단 말이지?"

부관의 말에 묘한 미소를 떠올리는 플레이크 자작이었다. 조금은 위험해 보이는 미소였다. 부관 역시 플레이크 자작이 무언가 꼬투리를 잡으려 한다는 것을 눈치챌 수 있을 정도로 말이다.

"부사관들이 요즘 많이 편해진 모양이군."

"……."

부관은 별다른 말을 하지 않았다. 그런 부관을 슬쩍 바라보던 플레이크 자작은 이내 고개를 살짝 흔든 후 입을 열었다.

"어찌되었든 마냥 맹탕은 아니고 어느 정도 실력은 된다는 말이로군."

"그렇습니다."

"그러면 어디가 좋을까?"

플레이크 자작의 물음에 한참을 생각하던 부관은 조심스럽게 입을 열었다.

"98대대 어떻습니까?"

"98대대라… 최근 중대장 한 명이 전사했다지?"

"그 외에도 방어하고 있는 지역 중 가장 빈번하게 전투가 벌어지는 곳입니다. 물론 최근 들어 그 빈도가 상당히 낮아졌지만 그렇다 해도 98대대의 위험성이 줄어든 건 아닙니다. 그곳에 부임한 중대장치고 3개월을 넘긴 이가 몇 없지 않습니까?"

확실히 그랬다. 9군단에서 98대대는 상당히 골칫거리였다. 전투가 자주 일어나는 것도 그 원인 중 하나이지만 구성하는 부대원부터 문제아들이었다. 대대장도 그렇고, 그 대대를 구성하고 있는 이들 모두가 말이다. 한마디로 여기저기서 골칫덩이인 부대원을 모아놓은 곳이다.

사정이 이러니 사건사고도 많이 일어났다. 누군가를 제거하고자 하거나 마음에 들지 않으면 98대대로 보내라는 말이 있을 정도로 말이다.

"그럼 되겠군. 인사 발령해."

"알겠습니다."

부관이 오른손 주먹을 가슴에 살짝 올린 후 집무실을 벗어났다. 집무실을 나가는 부관을 잠시 쳐다보던 플레이크 자작이 고개를 저으며 한숨을 내쉬었다.

"후우~ 이 짓거리도 지겹군."

하지만 그뿐이었다. 그는 예의 무표정한 얼굴로 산더미처럼 쌓인 서류철 속에 깊이 파묻혔다.

대련이 있고 정확히 3일 후, 카이론은 서면으로 자대 배치 통보를 받았다.

'23연대 98대대라.'

23연대라면 지금 바이큰 동부 부족과 경계하고 있는 곳이었다. 최전방이라는 소리였다.

"인솔자인가?"

"그렇습니다."

"가지."

그렇게 사단에서 작은 소요를 일으킨 카이론은 다시 카테인 왕국의 문제아 부대라는 9군단 3사단 23연대 98대대에 배속되었다. 그리고 그날로부터 이틀 후, 그는 98대대 위병소 앞에 서게 되었다.

"정지! 소속을 밝혀라!"

"카이론 에라크루네스 소위. 3사단 23연대 예하 98대대 배속."

"충!"

카이론이 나직하게 입을 열자 위병은 곧바로 창을 거둬들이고 구호를 외쳤다. 작게 고개를 끄덕이는 카이론. 위병을 지나는 순간 카이론의 신형이 멈춰 섰다.

"위병 사관은 어디 있나?"

"예?"

"위병 사관은 어디 있냐고 물었다."

"그게… 저……."

"근무지 이탈인가?"

"아. 아닙니다."

위병으로 있는 상급병이 떠듬거리며 우물쭈물했다. 대충 돌아가는 상황을 눈치챈 카이론은 그 자리에 팔짱을 끼고 섰다.

"찾아오도록!"

"며. 명!"

상급병과 함께 위병 근무를 서던 초급병이 부산하게 위병 초소 안으로 들어갔다. 하지만 밖에서 봐도 아무도 없는 위병 초소에 누가 있을 것인가? 이내 뛰쳐나오더니 다른 곳으로 뛰어갔다.

초급병이 뛰어간 곳은 대대 부사관 숙소였다. 그리고 얼마의 시간이 지나지 않아 초급병과 함께 부사관이 아닌 한 명의 상급병이 느긋하게 걸어 나오고 있었다. 전혀 서둘지 않은 모습이었다.

"위병 사관인가?"

"그렇습니다."

"관등성명!"

"예?"

"관등성명!"

"상급병 레이크! 입.니.다!"

뚝뚝 끊어서 하는 모양새가 어디서 신입 소위가 와서 군기 잡으려 하느냐는 듯한 모습을 보였다.

"상급병 레이크. 묻겠다."

"물으시지 말입니다."

"위병 사관의 조건은?"

"그……."

말을 흐리는 레이크 상급병. 기세가 눈에 띄게 줄어들었다. 일단 계급에서 밀렸다. 상대는 위관 장교였고, 허름하긴 해도 보나마나 귀족 가문의 도련님이 분명할 것이다. 또한 마치 하프 오거 같은 거대한 체구 역시 단단히 한몫하고 있었다.

"모르나?"

"알고… 있습니다."

"그러면 지금 이 상황은 어떻게 설명할 것인가?"

레이크 상급병이 얼어붙었다. 카이론은 그저 팔짱을 낀 채 답을 기다렸다. 어떠한 강요도 없이 말이다. 하지만 오히려 그 모습이 더 레이크 상급병을 얼어붙게 만들고 있었다.

그러한 카이론의 행사를 두 쌍의 눈이 지켜보고 있었다. 대대의 정문인 위병소가 훤히 내려다보이는 곳. 부대의 모든 건물이 한눈에 보이는 곳. 바로 대대장 집무실에서 말이다.

그 눈의 주인공은 98대대 대대장 호세 가르시아와 작전 참모 베드란 쿤테스였다. 둘은 처음 카이론이 위병에게 예를 받을 때부터 보고 있었다.

"호오~ 참 오랜만에 보는 위병 깨기구만."

"요즘도 저런 호기를 부리는 신입 장교가 있긴 있나봅니다?"

"이 지긋지긋한 전쟁 통에 이런 소소한 재미라도 있어야지. 안 그래?"

"그렇긴 합니다만……."

"근데 우리 대대에 소위가 오기로 되어 있었나?"

"소위는 이미 충원된 지 오랩니다."

"그런데?"

"중대장을 보내 달랬더니 저걸 보내준 겁니다."

"하여간 펜대 굴리는 놈들이란……."

작전 참모의 말에 98대대장이 인상을 잔뜩 찌푸렸다. 중대장이면 대위 계급이었다. 소위나 중위는 소대장이고 말이다. 그런데 며칠 전 바이큰 족과의 전투에서 전사한 중대장의 자리가 공석이 되어 중대장을 보내 달랬더니 중위도 아닌 소위를 보내주고 있었다.

"저놈, 어디 중앙 권력자에게 찍힌 놈인가?"

"어디 여기까지 오는 놈들 중에 제대로 된 놈이 있습니까? 찍히거나 버림받거나 뭐 그런 놈들이지요."

"그래도 대충 알 거 아냐?"

"에라크루네스 백작 가문의 서자랍니다. 이복형이 있는데 그 이복형과 사이가 상당히 안 좋습니다. 아카데미에서 불미스러운 일이 있었다고 하더군요."

"오~ 이런. 익숙한 막장 스토리군."

"이복형이 저놈을 죽이려 했나 봅니다. 왜 그 아카데미 졸업 시험있잖습니까? 그런데 살아서 복귀했으니 얼마나 화가 나겠습니까?"

"그래서 손을 써서 이곳에 보내 버렸다?"

아주 죽이 척척 잘 맞는 둘이었다. 그럴 수밖에 없는 것이 이 둘은 이곳에서만 거의 10년을 같이한 사이였다. 이곳은 최전방 중 최전방. 하루가 멀다 하고 바이큰 족과의 전투가 있는 곳.

누가 있어 감히 이곳에 부임하고 싶겠는가? 이곳에 온 위관급 장교들은 대부분이 버려진 이들이라고 해도 과언이 아니었다. 전역을 해도 되지만 전역한다고 해도 딱히 할 일이 없으니 그냥 말뚝 박는 이들이 허다했다.

"뭐, 대충 그런 막장 스토리 아니겠습니까?"

"그래도 뭐 아깝네. 저 등치면 어디 가서 꿀리지 않을 텐데 말이야."

"그러니까 그냥 중대장 맡겨 버리시죠."

"소윈데?"

"언제는 그런 것 가렸습니까? 그냥 대대장님 권한으로 대위로 진급시키시지 말입니다. 그게 어렵다면 중위로라도 말입니다. 아마 그리 큰 탈은 없을 겁니다. 어차피 구린 인사 발령이니 말입니다. 그렇다고 부사관이나 그 반골 기질 가득한 소위들을 중대장 자리에 앉힐 수 없잖습니까?"

작전 참모의 말에 고개를 끄덕이는 대대장이었다. 사실 98대대의 소위들은 진즉에 중위로 진급했어야 했다. 하지만 여전히 소위였다. 반골 기질이 가득하고 부임한 중대장과 작전 중 사사건건 부딪혀 진급하지 못한 것이다.

하지만 지금 위병 깨기를 하고 있는 신임 소위는 달랐다. 경우에 따라서는 중대장을 해도 상관없었다. 명령서에는 분명히 탄력적으로 운용하라했으며, 그에 대한 전권을 위임받은 상황이니까 말이다.

"뭐 그렇긴 한데 말이지. 아깝잖아~"

"아까우면 뭘 합니까? 내 목이 달아날 판인데. 여기 군단장 각하의 특별 명령서도 있잖습니까."

"에잉! 하여간 윗놈들 대가리에는 뭐가 들은 건지. 내참."

"똥이라도 들었으니 이런 명령을 내리지요."

"알았다. 알았어. 일단 임시로 대위 계급장 달게 하고 1중대 중대장으로 발령 내. 그리고 신고할 필요 없이 바로 오늘 중으로 이동하라고 하고."

대대장은 무언가 마음에 들지 않는다는 듯한 표정으로 말했다. 작잔 참모는 말없이 고개를 끄덕였다. 그 둘은 특별 명령서가 의미하는 것을 알고 있었다. 자신들에게 직접적으로 명령이 내려오지는 않았지만 아마도 자신들이 모르는 다른 계통으로 은밀한 명령이 내려졌을 것이다.

군단장을 움직일 정도라면 결코 하위 귀족은 아닐 것이다. 그리고 권력을 쥐고 있는 자들의 특성은 함정을 하나만 만드는 것이 아닌 이중삼중으로 만든다는 것이다. 완벽을 기하기 위해서 말이다.

대대장이 신임 소위를 과감하게 임시로 대위로 임명하고 중대장으로 중대를 맡긴 이유는 여기에 있었다. 그들 나름대로 마련한 마지막 성찬과 같은 것이다.

그렇게 결정이 났다. 그리고 그 결정은 대대 정문을 관리하는 위병소에서 실랑이를 벌이고 있는 카이론에게 즉시 하달되었다. 인사 참모가 같이 내려와 계급장과 명령서를 직접 달아주고 쥐어줬다.

그리고 길 안내를 위해 한 명의 사관을 배치시켰고 말이다. 길이 험난하다 보니 병사들에게 길 안내를 맡기지 않는 것이라는 말까지 덧붙이면서. 소개된 부사관은 중사였다.

이 말도 안 되는 행사에도 불구하고 카이론은 별로 당황하지 않았다. 대신 자신을 안내할 중사를 살펴보기까지 했다. 꽤나 큰 체구임에도 날렵하고 튼튼해 보였다. 까무잡잡하고 눈알이 반짝반짝한 것이 독기도 좀 있어보였다.

"안내하도록!"

카이론의 간단한 말에 오히려 당황한 것은 중사였다. 초짜가 중대장으로 임명된 것은 전례가 없는 일이다. 군대에서 산전수전 모두 거친 자신마저도 황당한데 이제 갓 임관한 소위가, 아니 대위가 너무도 당당하고 거칠 것 없어 보였다.

'애송이로군.'

혼자만의 생각에 얼굴을 일그러뜨리는 중사였다. 하지만 이내 마음을 다잡았다. 자신은 받은 명령이 있었으니까 말이다.

'내 할 일만 하면 되는 것을.'

결심을 굳히는 중사였다. 그런 중사의 생각을 아는지 모르는지 카이론은 무표정하게 중사를 바라보고 있었다.

"해 떨어지기 전에 도착하려면 빨리 움직이셔야 합니다. 또한 1중대가 최전방에 위치한 사정상 마필 이동은 불가합니다."

"안내하도록!"

여전히 석상처럼 서서 같은 말만 반복하는 카이론. 그에 중사가 살짝 굳은 얼굴로 신임 중대장을 바라보았다. 물론, 그렇다고 해서 그 하나하나에 일일이 반응할 카이론은 아니었다. 그저 보기에 따라서 오만해 보이는 표정 그대로였다.

"가겠습니다."

중사는 그 말만 남기고 뒤도 돌아보지 않고 뛰기 시작했다. 등에 군용 배낭까지 메고 뛰는 모양이 한두 번 해본 게 아니었다. 일정한 보폭과 적당한 속도. 그리고 먼 길을 가기 위한 일정한 간격의 들숨과 날숨.

'그래! 이번 한 번만이다. 이번 한 번만.'

중사는 속으로 그렇게 다짐했다. 솔직히 위병소 깨기를 하는 신임 중대장도 마음에 들지 않았지만 자신에게 이런 명령을 내린 인사 참모도 마음에 들지 않았다. 하지만 그는 직감적으로 이것이 자신에게 있어 마지막 기회라는 것을 알 수 있었다.

그는 신임 중대장을 안내하기 전, 인사 참모에게 은밀하게 불려간 적이 있었다.

"뭡니까?"

중사가 물었다. 인사 참모는 대수롭지 않은 일이라는 듯이 입을
열었다.

"진급하고 싶지 않나?"

"물론……."

진급하고 싶다. 20년 가까이 군에 종사해 왔다. 동기들은 이미
상사에 올라 선임상사가 된 지 오래였다. 하지만 자신은 번번이
상사 진급에서 미끄러졌다. 그는 아직까지 본부중대 선임 중사일
뿐이었다.

"그렇습니다만 이게 그것과 무슨 상관입니까?"

"허어~ 이 친구 보게. 그러니 진급이 안 되지. 가끔은 원하지
않더라도 해야 하는 일이 있네."

"이게 그 일이라는 겁니까?"

"약속하지. 이번 임무를 마치면 상사로 진급할 수 있을 것이
네."

인사 참모의 말에 중사는 조용히 인사 참모를 바라보았다. 자신
의 진급에 있어 해당 부대 실무자인 인사 참모의 인사 고과가 상
당히 크게 작용함을 중사는 알고 있었다. 지금껏 그는 이런 인사
참모의 말을 수도 없이 들었다.

"못 믿겠나?"

"이 대대에서만 무려 20년입니다."

"그래. 그럴 수도 있겠군. 하면 이건 어떻겠나?"

인사 참모는 중사의 앞으로 인사 고과를 나타내는 서류를 내밀었고, 상중하의 평가란에 상을 기재해 넣고 소견 역시 경력과 충성심이 뛰어나 충분히 상사로의 자질이 있음을 써 넣었다. 그리고 인사 참모 자신의 사인만을 남겨둔 채 펜을 책상 위에 내려놓았다.

"어떤가? 이제 믿겠나?"

"……."

중사와 인사 참모의 시선이 부딪혔다. 잠시 침묵이 흘렀다. 그리고 중사의 입에서 무거운 음성이 토해져 나왔다.

"하겠습니다."

"그럴 줄 알았네. 그리고 이건… 착수금이네."

인사 참모가 가죽 주머니 하나를 그에게 내밀었다. 중사는 말이 없었다. 보상이 있다는 것은 정식 작전이 아니라는 말이기 때문이었다. 중사는 망설였다. 받을지 말지 갈등하면서 말이다.

"받아 두는 게 좋을 거네. 이미 한 배를 탄 동지의 입장이라면 말이야."

인사 참모의 말에 어금니를 꽉 깨문 중사는 느릿하게 책상 위에 올려진 가죽 주머니를 잡았다.

"그래. 그래야지. 그리고 이 생각만 하게. 돌아오면 자네는 이미 상사라는 것을 말이야. 상급 부대로 전출되지는 않겠지만 그래도 상사이지 않은가?"

인사 참모는 비열한 웃음을 보이며 중사에게 말했다. 하지만 중사는 이미 몸을 돌려 세워 인사과의 문을 나서고 있었다. 그런 중사의 뒷등을 보며 안색을 굳히는 인사 참모였다.

"천한 놈 같으니. 너의 그 오만함도 오늘부로 끝이다."

그는 나직하게 중얼거리며 뱀과 같은 차가운 미소를 떠올렸다. 물론 그 모습을 중사는 보지 못했다.

＊　　　＊　　　＊

대대 본부에서 1중대까지는 말을 타고 꼬박 이틀이 걸리는 거리였다. 때문에 이렇게 도보로 간다면 1중대까지는 적어도 사나흘 이상이 걸릴 것이 분명했다.

중사는 처음 신임 중대장에게 말을 건 후 단 한 번도 대화를 하지 않았고 눈조차 마주치지 않았다. 일말의 양심의 가책 때문이었다. 아니 지금껏 살아남기 위해 살아왔지만 그래도 정당하지 않은 일은 피해 왔던 자신이었다.

그는 그런 일을 마다하지 않고 어떻게 해서든지 진급해 최전방을 벗어나 후방으로 떠나려는 동기들을 보면서 그들을 욕했었다. 적어도 자신의 기준과 양심에는 거스르지 말아야 했다고 말이다.

하지만 이제는 자신이 입에 거품을 물면서 지탄했던 행동을 하고 있었다. 스스로의 양심에 거리끼어 말은커녕 눈조차 제대로 맞추지 못했다. 그런 자신의 심정을 아는지 모르는지 이 애송이 신임 중대장은 묻지도 않고 태연하기만 했다.

이동한지 이틀째에 이르렀다. 중사는 자신의 바로 곁에서 말없이 뛰고 있는 거구의 신임 중대장을 흘깃 바라보았다. 숨소리도 거칠어지지 않았고, 땀조차 흐르지 않고 있었다. 자신은 간편 군장임에도 불구하고 이틀째 접어든 구보에 약간의 피로함을 느끼고 있음에도 불구하고 말이다.

'체력 하나는 끝내주는군.'

이제 막 아카데미를 졸업한 새파란 장교라서인지 체력은 정말 질릴 정도로 훌륭했다. 그와 함께한 시간은 겨우 하루 반나절. 그동안 신임 중대장과 나눈 대화는 겨우 한두 마디가 전부였다.

사람을 파악하기에는 굉장히 짧은 시간이었지만 중사가 파악한 신임 중대장은 상당히 과묵했고, 도저히 이제 막 기사 아카데미를 졸업한 애송이 신임 장교라고 단정할 수 없었다. 그는 아주 노련하게 야영 준비를 했고, 주변에 대한 파악이 수준급을 넘어서고 있었다.

그가 군에서 지내온 지 어언 20년. 그 누구보다 사람을 보는 눈은 정확하다 자부할 수 있는데 이 신임 중대장은 도대체 종잡을 수가 없었다. 자신에게 주어진 기본적인 정보로는 도저히 지금의 중대장에 대해 파악할 수 없었기 때문이었다.

'뭔가 있는 것은 확실한데…….'

하지만 그 무언가가 뭔지는 알 수 없었다. 그는 고개를 저었다. 자신은 맡은 임무를 수행하기만 하면 된다. 무언가 께름칙하지만 이미 결정을 내린 바였다. 스스로의 결정에 후회는 말아야 했다.

그리고 마침내 칼산 고개에 다다랐을 때 중사는 구보를 멈추고 자리에 섰다. 어느새 어둠이 찾아왔고, 그의 곁에는 2m30cm의 거체가 자리하고 있었다.

"휴식인가?"

"오늘은 이곳에서 야영해야 할 것 같습니다."

"그런가?"

간단하게 대답을 하며 주변을 훑어보는 카이론이었다. 야영 장소로 좋은 장소는 아니었다. 그럼에도 야영을 하자고 한 이유가 있을 것이다. 주변을 훑던 카이론의 시선이 중사에게로 향했다.

그 시선을 받은 중사는 자신도 모르게 마른침을 삼킬 수밖에 없었다. 마치 자신의 내심을 꿰뚫어 보는 것 같은 시선이었기 때문이었다.

'어쩌면 잘못된 선택일수도…….'

불길한 생각이 중사의 머리를 휘저었다. 대체로 자신의 이런 불길한 예감은 절대적으로 잘 맞는다는 것이 문제였다. 하지만 어쩔 수 없었다. 이미 명령은 내려졌고, 실행되고 있었으니 말이다.

'제발, 이번만은 예감이 틀리기를.'

틀리기를 바랐다. 그때 신임 중대장의 입이 열렸다.

"나에게 할 말이 있나?"

'눈치챈 것인가?

중사가 찔끔했다. 카이론의 시선과 정면으로 부딪힌 것이었다. 무언가 알고 있다는 시선이었다. 중사의 입이 무언가 말을 하려 달싹거렸다. 하지만 중사는 소리를 내어 말을 완성하지 못했다.

"그 자리에서 움직이면 귀관은 죽는다."

그 말과 함께 중사는 기이한 위화감을 느꼈다. 중사의 소매 안쪽에서 날카로운 단검 두 자루가 튀어 나왔다. 중사는 알고 있었다. 이 기이한 위화감은 전장에서 느꼈던 바로 그 살기라는 것을 말이다.

그 순간, 그들을 둘러싸고 있던 어둠이 마치 매미가 탈피를 하는 것처럼 벗겨지고 있었다. 중사의 두 손이 반사적으로 움직였다. 그와 동시에 어둠을 뚫고 두 줄기의 섬광이 신임 중대장의 뒤에서 쏘아졌다. 그리고 관통했다.

'늦었나?'

늦었다 생각했다. 자신의 두 자루의 단검에는 아무것도 걸리는 것이 없었다. 그는 순간 자신의 죽음을 보았다.

'내가… 어리석었구나.'

어리석었다. 인사 참모는 자신을 살려 둘 생각이 없었다. 평소에 자신을 좋게 생각하지 않는다는 건 알고 있었다. 상당한 마찰도 있었고. 그럼에도 그의 제안을 받아들인 자신이 어리석었다. 그와 함께 중사의 얼굴에는 허탈한 미소가 떠올랐다.

그때 중사는 또 다른 섬광을 볼 수 있었다.

푸화아악! 후두두둑!

그리고 그의 얼굴에 뜨뜻미지근한 무언가가 쏟아졌고, 비릿한 향이 코를 자극했다.

'이, 이건……'

피였다. 순간 중사는 모든 것을 파악할 수 있었다. 세 줄기의 섬광을 쏘아낸 자들. 그들이 죽은 것이었다. 어느새 중사의 시야에서 사라졌던 카이론이 다시 모습을 드러냈다.

"나와라!"

크지도 않은 목소리로 어둠을 향해 나직하게 외쳤다. 그저 바로 앞사람과 대화하듯 하는 말이었다. 그럼에도 불구하고 중사의 귀에는 너무나도 선명하게 들려왔다. 풀벌레 소리가 멈추고 적막이 감돌았다.

카이론의 시선이 슬쩍 한 그루의 나무를 향했다. 그에 중사역시 덩달아 카이론이 바라보는 나무로 시선이 향했다.

스가각!

언제 움직였을까? 카이론의 신형은 어느새 그가 보고 있던 나무를 베고 지나가고 있었다. 피가 튀어 올랐다. 통째로 잘린 나무와 함께 비명조차 지르지 못하고 검은 천으로 얼굴을 가리고 죽은 자.

그의 잘려진 복부에서 피가 느릿하게 흘러나오고 있었다. 중사는 갑자기 세상의 시간이 느릿하게 흘러가는 것 같았다. 전혀 움직이지 않은 것 같은데 또 한 명의 어쌔신이 죽었다.

그리고 정적 속에서 눈부시게 밝은 섬광이 사방에 터져 나오고 있었다. 나무에서, 바위에서, 땅에서, 혹은 하늘에서. 모든 곳에서 섬광이 터졌고, 그 섬광은 카이론을 향하고 있었다.

거대한 기형의 언월도가 움직였다. 달빛을 받아 그의 검은 동체가 유려하게 움직였다. 그의 검은색 풀 플레이트 메일이 그의 근육 하나하나를 섬세하게 표현했다.

중사는 그저 입을 벌린 채 그 모습을 바라보고 있을 뿐이었다.

'마, 말도 안 되는.'

육체의 움직임이 이리도 아름다울 수 있다는 것을 중사는 오늘 처음 알았다. 꽉 짜인 육체. 그 속에서 폭발적으로 반응하는 근육들. 그 모든 움직임이 중사의 눈을 사로잡았다.

하지만 그의 생각에는 아름답다는 말보다는 말도 안 되는 움직임을 보여주는 카이론의 움직임에 경악으로 물들어 있었다. 그가 보기에 저 거대한 자는 전설 속의 거인 전사인 타이탄 족처럼 보이고 있었다.

카이론은 전면에서 심장을 노리는 섬광을 막을 생각이 없었다. 그저 두 손으로 긴 언월도의 손잡이를 잡고 아래에서 위로 그어 올린 후 몸을 그대로 돌려 뒤에서 쏟아져 오는 어쌔신을 양분했다.

하지만 그의 머릿속은 거기에서 멈추지 않았다. 기형의 언월도의 포인트(날끝)를 땅에 깊숙이 박았다. 중사는 분명히 보았다. 어둠 속에서 아무것도 없는 땅이 축축하게 젖어가기 시작한 것을 말이다.

"여섯!"

그때 중사의 귀에 천둥처럼 들려오는 목소리. 침이 말랐다. 느릿하지만 눈 한 번 깜빡하지 않을 시간이었다. 그 순간 어쌔신 여섯이 죽어갔다. 아직 하지만 아직 남은 섬광은 더 있었다.

그 섬광 하나가 카이론을 가슴을 꿰뚫었다.

"허억!"

눈을 부릅뜬 채 바람 빠지는 소리를 내는 중사였다.

'내, 내가 왜?'

그를 걱정하고 있는 것이다. 보잘것없는 소위 나부랭이를 말이다. 하지만 그의 상념은 더 이상 이어질 수 없었다.

어쌔신이 가진 기이한 단검. 그것은 칸자르라 불리는 단검이다. '고기 써는 나이프'라는 뜻을 지닌 S자 모양으로 구부러져 있는 단검의 검신을 겨드랑이 끼운 카이론의 손에는 어느새 열전도 나노 튜브 블레이드가 솟아나 어쌔신의 심장을 정확하게 꿰뚫고 있었다.

"일곱!"

그 순간에도 어쌔신들은 공격을 멈추지 않았다. 반드시 죽이겠다는 필살의 의지를 가진 어쌔신들. 그들에게 있어 목숨은 그저 소모품일 뿐이었고, 의뢰를 수행하기 위한 도구였다. 동료의 죽음을 기회 삼아 상대의 목숨을 노린다.

카이론의 정수리에 쏟아지는 짙은 녹색빛을 내는 한 자루의 칸자르. 어찌나 빠른지 잔상이 남을 정도였다. 카이론의 상체가 뒤로 젖혀졌다. 칸자르는 계속 아래로 내리꽂히고 있었다.

카이론의 신형의 계속 젖혀졌다.

파악!

칸자르가 땅에 박혔다. 칸자르를 쥔 어쌔신은 미동이 없었다. 카이론은 이미 그곳에 없었다. 그는 완전히 한 바퀴 회전한 뒤 가볍게 발끝을 튕겨 원래의 자리로 돌아왔다. 어쌔신은 그를 단 한 걸음도 움직이지 못했다.

"여덟!"

그의 목소리가 중사의 귀에 들렸을 때 미동조차 하지 않던 어쌔신의 목에서 핏물이 솟구쳤다. 그는 이미 절명한 것이다. 두 번은 없었다. 단 한 번. 그것으로 족했다.

카이론은 오연하게 두 발을 딛고 섰다. 그는 언월도의 중단을 잡고 전면을 보았다. 그의 눈부신 도신에는 피 한 방울이 도신을 타고 흘러내리다 끝에 맺혔고, 그 무게를 이기지 못하고 떨어져 내렸다.

"끝인가?"

"……."

답은 없었다.

"누가 보냈나?"

"……."

역시 답은 없었다. 하지만 카이론은 실망하지 않았다. 누가 보냈든 상관없었다. 이들은 자신의 목숨을 노렸고, 자신의 목숨을 노린 자들을 용서할 마음은 없었으니까.

"와라!"

답은 필요 없었다.

두 명의 어쌔신이 좌우로 벌어지면서 카이론을 향해 쇄도했다. 그들은 각기 두 자루의 칸자르를 역수로 쥐고 있었다. 그들이 쥔 칸자르에는 검녹색의 무언가가 뚝뚝 떨어지고 있었다.

스치기만 해도 죽음에 이를 수 있는 독액을 발라 놓은 것이다. 두 어쌔신은 동시에 들어오지 않았다. 미묘한 시간의 차이를 두고 있었다. 카이론과 5m의 거리가 있었음에도 불구하고 순식간에 간격을 좁힌 후 우로 베고 좌로 찍었다.

카이론의 몸이 슬쩍 기울어졌으며, 그의 언월도가 기이한 각도로 움직이며 좌측에서 쇄도하는 어쌔신의 칸자르를 쳐내고 비스듬히 회전하며 우측에서 접근하는 어쌔신의 정수리를 타고 넘었다.

티딩!

첫 공격이 실패한 두 어쌔신은 더욱 빠르게 움직이며 카이론의 전신 요혈을 노리며 쇄도했고, 카이론은 다시 비스듬히 회전하며 발의 앞코로 한 어쌔신의 정수리를 찍어 내리며 언월도를 그어 올렸다.

빠각!

단지 하나의 소리만 들려왔을 뿐이었다. 중사는 눈을 부릅뜬 채 자신의 전면에서 일어난 상황을 지켜볼 수밖에 없었다.

실로 믿을 수 없는 광경이었다.

어쌔신 열 명이 모두 죽었다.

비릿한 피 냄새가 적막을 타고 흘러 들어왔다. 저 신임 중대장은 무서울 정도로 침착했다. 눈 하나 깜빡이지 않고 열 명의 어쌔신을 죽음으로 몰아넣고, 오연하게 주검을 바라보고 있었다.

저벅저벅.

그가 중사에게로 걸어갔다. 그리고 중사 앞에 서서 가볍게 기형의 언월도를 휘둘러 핏물을 털어냈다. 그리고 등 뒤로 수납했다.

주르륵.

순간 중사는 그의 이마와 관자놀이를 타고 흘러내린 싸늘하게 식어버린 땀과, 척추를 타고 전해져 오는 기묘한 쾌감을 느꼈다. 공포와 쾌감. 도저히 공존할 수 없는 두 개의 감각이 그의 전신을 떨게 만들었다.

"제대로 가도록."

"며, 명!"

저절로 허리가 굽혀졌다.

'어?

중사는 방금 전까지 자신의 전신을 옥죄고 있던 무언가가 사라졌다는 것을 깨달았다. 허리가 굽혀졌기 때문이었다. 식은땀이 절로 흘러내렸다. 뒤집어쓴 핏물과 식은땀이 혼합되어 중사의 턱을 타고 흘러내렸다.

"얼마나 남았지?"

"내, 내일 아침이면 도착할 수 있습니다."

이제는 달리지 않았다. 달릴 필요가 없어졌으니까. 중사의 태도는 지극히 공손해져 있었다. 이미 자신의 어리석음을 깨달은 중사였다. 그는 짧은 순간이나마 지금 이 순간 자신이 해야 할 행동이 어떤 것인지 빠르게 파악했다.

보지 않아도 뻔하다. 누군지는 모르겠지만 상대는 지금 자신의 옆에서 담담하게 걷고 있는 자의 실력을 과소평가하고 있었다. 최전방에서만 벌써 20년째인데 그런 눈치가 없었으면 애초에 죽어 나자빠졌을 것이다.

그렇게 말없이 두어 시간을 걸어가던 중사가 걸음을 멈추고 입을 열었다.

"여기쯤에서 쉬어가는 것이 좋겠습니다. 저 앞에 있는 칼처럼 보이는 산만 넘으면 되는데 몬스터가 상당히 억세기도 하지만 고갯길이 험해 쉽지 않습니다."

중사의 말에 카이론이 달빛을 받아 어스름하게 보이는 산을 바라보았다. 중사의 말처럼 칼처럼 생겼고, 상당히 험해 보이는 지세가 '나 정말 험한 산이오' 하고 말하는 것처럼 보였다.

카이론이 중사를 바라보았다. 카이론의 시선을 받은 중사는 곧바로 움직이기 시작했다. 알아서 준비해야 했다. 그는 이제 신임 소위도 애송이 중대장도 운이 좋아 소위가 된지 며칠 만에 대위가 된 행운아도 아니었다.

그리고 결정적으로.

'나는 결국 소모품일 뿐이었다.'

어둠 속에서 나타난 어쌔신은 신임 중대장뿐만 아니라 자신까지 노렸다. 치가 떨리는 중사였다. 그렇다고 인사 참모를 찾아 어떻게 해볼 수 있는 상황도 아니었다. 그가 인사 참모를 어떻게 하기에는 직위나 혹은 작위 그리고 뒷배경까지도 어느 하나 그를 압도할 수 있는 게 없었기 때문이었다.

결국 중사가 선택할 수 있는 것은 그리 많지 않았다. 그의 마음은 서서히 신임 중대장에게로 기울고 있었다. 그 가능성이 없는 것은 아니었다. 만약 이 신임 중대장이 '자신을 필요로 한다면' 이라는 전제가 붙기는 하지만 말이다.

중사라는 것. 그리고 군 경력 20년이라는 것이 노름해서 딴 것은 아닌 양 15분 정도 되니 어느새 푹신한 잠자리와 밤의 추위를 몰아내 줄 모닥불이 완성되었다.

그리고 20분 정도 더 기다리자 모락모락 김이 올라오는 음식까지 떡하니 대령하고 있는 중사였다.

"관등성명."

카이론이 입을 열었다. 그렇다 카이론은 아직 중사에게 어떠한 것도 듣지 못했다. 기본적인 자기소개마저도 듣지 못한 상태였다.

"98대대 정보 분석 담당관 중사 키튼입니다."

"그렇군."

새파랗게 어린놈이 말을 놓고 있었다. 하지만 불쾌지도 화가 나지도 않았다. 불과 몇 시간 전이었으면 '뭐 이런 놈이 있나?' 하고 생각했겠지만 지금은 오히려 그게 더 편했다.

카이론은 더 이상 말이 없었다. 키튼 중사는 그게 더 두려웠다. 이 서먹하고 주체할 수 없는 어색함을 돌파하기 위해서는 무슨 말이라도 해야 한다고 생각했지만 평소에는 잘도 놀아나던 입은 좀체 떨어지지 않았다.

"풀어봐."

"네, 넵?"

"지금 가고 있는 중대의 상황."

"아!"

키튼 중사는 가볍게 탄성을 질렀다. 지금 자신의 눈앞에 있는 신임 중대장은 자신이 처한 상황에 대해 어느 정도 짐작하고 있었던 것이다.

키튼 중사는 자신이 알고 있는 이 신임 중대장의 기본적인 사항을 토대로 하나의 가설을 만들 수 있었다.

카이론 에라크루네스 대위는 지금 최전방에 배치되었다. 그것도 최악의 부대로 말이다. 그리고 누군가에게 의해 암살 의뢰까지 받은 인물. 그러한 그가 자신의 부임지에 대한 정보를 제대로 알고 있을 리 없었다. 키튼 중사와 카이론의 시선이 부딪혔다.

순간 피가 싸늘하게 식어가더니 정신이 번쩍 들었다. 카이론 에라크루네스 대위. 이 사람은 거래가 통하지 않는 사람이다. 그리고 계급의 차이를 확실히 아는 사람이고 말이다.

잔대가리를 굴려 거래해 볼 심산이었던 키튼 중사는 그냥 마른침을 꿀꺽 삼킨 뒤 자신이 아는 모든 것을 토해내기 시작했다. 아주 세세하고 상세하고 정밀하게.

제6장

장악하다

한마디로 말해서 결론은 98대대 1중대의 부사관이나 소대
장들은 반골 기질이 다분했고, 병사들 역시 전투 때를 제외하
고는 제대로 명령을 따르지 않는 그런 중대였다. 그러한 중대
가 도대체 어떻게 최전방에서 살아남을 수 있는지가 의심스
러울 정도였다.

물론 여기저기 각 부대에 있는 반골 기질이 가득한 문제아
들을 계속 보낸다면 병력을 유지하는 데에는 별로 문제가 없
을 것이다. 하지만 카이론은 그들이 가진 실력이 진짜라는 것
을 파악할 수 있었다.

상하관계가 느슨하다는 것은 군대 조직에 있어서 치명적인 단점이다. 명령이 제대로 하달되지 않는 것이니 말이다. 하지만 그 와중에도 여전히 부대가 유지된다는 것은 병사에서부터 소대장까지 어느 정도 실력이 된다는 말일 것이다.

듣다 보니 분대장급 혹은 부사관 중에는 용병 출신이 다수라고 했다. 병사들은 현지인 출신이 다수였고 말이다. 그리고 현지인들은 어려서부터 전장의 긴장 속에 살아왔기 때문에 죽음과 친숙하며 사냥에 능하다는 것도 알 수 있었다.

병사들은 생존을 위해서 전투를 치른다. 부사관과 소위들은 그러한 그들을 인정하면서 규율보다는 자율로 그들을 이끈다. 그것이 바로 부임한 중대장과 그들이 반목하게 된 계기였다.

부임한 중대장은 부대를 자신의 수중에 넣으려 한다. 자신의 명령 한마디에 일사분란하게 병력이 움직이기를 원한다. 하지만 98대대 1중대는 자율적이지만 유기적으로 움직인다.

때문에 상부에서 보기에 1중대는 문제아들의 집합소이고, 반골들의 집합소가 맞았다. 그들의 통상적인 규율이 먹히지 않은 곳이니 말이다. 하지만 카이론은 달랐다. 오히려 그러한 점이 더 마음에 들었다.

'괜찮군.'

그리고 카이론이 내린 결론은 괜찮다는 것이다.

카이론의 영혼은 기본적으로 이 세계의 영혼이 아니다. 21C 지구의 영혼. 그의 관점으로 보면, 귀족의 명이나 기존의 군대 체계에 반발하며 경직되지 않고 스스로 해야 할 일을 찾아서 하는 그들이 오히려 다루기 더 쉬웠다.

그러니 괜찮을 수밖에 없었다. 그러한 와중에도 키튼 중사의 말은 계속되었다. 한 번 봇물이 터진 키튼 중사는 거침없었다.

"기실 말입니다. 전쟁은 하고 있지만 바이큰 족과 그리 나쁜 관계만은 아닙니다. 최전방에 있는 대부분의 병사가 그들과 생필품을 교환하고 있으니까 말입니다."

그 말에도 카이론은 고개를 끄덕였다. 도서관에서 봤다. 이 전쟁이 일어난 본질적인 원인을 말이다. 그것은 바로 식량이었다.

바이큰 족은 유목 민족이다.

그들과의 경계는 만월의 강이라 일컬어지는 풀문 리버를 따라 이어져 있는데, 카테인 왕국 성립 당시에 만월의 강 유역에서 가장 큰 부족인 우거디 족과 오도리 족을 회유하는 데에 공을 들였다.

그 결과 포트리버와 포트마운틴 이 두 지역에 무역소를 두고 바이큰 족과 교역하거나 편의를 제공할 수 있게 되었다. 하지만 그것은 어디까지나 미봉책에 지나지 않았다.

그들은 그런 카테인 왕국의 노력에도 불구하고 지속적으로 포트리버와 포트마운틴 지역에 내습하여 노략을 일삼았고, 심지어는 인명을 해치고 백성을 노예로 삼아 노예장사까지 하게 되었다.

카테인 왕국의 초대 국왕인 프리드리히 비스마르크 국왕이 집권한지 10년이 지났을 때, 카테인 왕국은 만월의 강에 위치한 포트리버와 포트마운틴을 폐쇄하고 만월을 강을 중심으로 기다란 목책을 세워 요새화하기 시작했다. 이것이 바로 현재는 그 흔적만 남은 채 사라진 국경의 철벽이었다.

그렇게 시작된 바이큰 족과 카테인 왕국 간의 전쟁은 무려 150년이나 지속되고 있었다. 하지만 왕국과 바이큰 족은 그렇게 적대적일지 몰라도 실제 강 하나를 두고 빤히 바라다 보이는 두 곳의 주민들은 달랐다.

전쟁보다 먹고 사는 것이 우선이었다. 고기가 필요했고 식량이 필요했다. 그래서 암거래가 성행한다. 귀족들은 알고 있음에도 무시했고 오히려 밀무역을 통해 부를 축적하는 귀족까지 생겨났다.

카이론은 침을 튀기며 1중대의 상황과 현재 국경의 상황을 설명하고 있는 키튼 중사를 바라보며 생각에 잠겼다. 도움이 될 것 같았다. 눈치가 제법 빠르며, 무엇보다 주변 정세에 대해 과하다 싶을 정도로 잘 알고 있었다. 몸도 어느 정도 만들어져 있어 곁에 두고 부리기에는 딱 좋았다.

'방법이… 있군!'

카이론의 눈이 반짝였다. 그에게는 절대적으로 이런 사람이 필요했다. 그를 구성하는 두 개의 영혼 중 이산은 이 세계를 아예 몰랐고, 카이론이라는 인물은 너무 어리숙하고 순진했다.

"알고 있었나?"

"예? 무슨……."

"그들……."

키튼 중사의 얼굴이 똥 씹은 얼굴로 우그러지기 시작했다. 하지만 억지로 얼굴을 폈다. 핏물에 잠긴 열 명의 어쌔신을 떠올리면서 이를 악물었다. 그리고 카이론의 눈을 바라보는 순간 모든 것이 허물어졌다.

"알고 있었습니다."

키튼 중사는 망설이지 않았다. 이미 자신은 그와 척을 진 것이나 다름없었다. 그런데 무엇을 더 망설인다는 말인가?

"누군가?"

"인사 참모입니다."

"남을 텐가, 갈 텐가."

느리게 입을 떼는 카이론. 키튼 중사는 카이론을 바라보았다. 분명 두 가지 선택지가 있었지만 그가 선택할 수 있는 것은 단 하나밖에 존재하지 않았다.

"남고 싶습니다. 하지만⋯⋯."

"인사 참모가 그대의 생존을 예상하지 못했을 것이라 생각하나? 귀관이 본대에 복귀해서 할 수 있는 일이 있나?"

키튼 중사의 심장을 송곳으로 콕콕 찌르는 말이었지만 사실 키튼 중사가 할 수 있는 일은 아무것도 없었다. 은밀히 받은 작전. 시치미 떼면 그만이다. 그리고 자신은 이미 인사 참모가 건넨 가죽 주머니를 받지 않았던가?

"남겠습니다."

"좋군."

키튼 중사의 입장에서는 이 방법이 최선이었다. 일단은 인사 참모와 떨어져 있는 것이 나았다. 물론 첫 번째 작전이 실패했기에 추후 또 다른 작전이 계획되겠지만 그렇다 하더라도 이상하게 신임 중대장 곁에 있는 것이 더 나을 것 같다는 생각이 들었다.

"하지만 그가 절 보내 주겠습니까?"

"대대 인사 참모는 중위지. 나는 대위고. 그는 참모이고, 나는 지휘관이지. 또한 그는 이미 한 번 실패했지. 둘을 한꺼번에 처리할 수 있는 장소가 어디라고 생각하나?"

카이론의 말에 키튼 중사는 입을 닫았다. 혹자는 죽여야 할 자를 가까이 두라고 하기도 하지만 굳이 힘들게 가까이 둘 필요가 있겠는가? 어떤 수를 쓰지 않아도 충분히 위험한 지역이 있는데 말이다.

"따르겠습니다."

키튼 중사의 말에 카이론은 고개를 끄덕였다. 되었다. 이 세계에서 처음으로 자신을 따르는 이를 거느리게 되었다. 수평적인 관계가 될지 아니면 수직적인 관계가 될지 혹은 자신의 뒤통수를 치는 인물이 될지는 알 수 없지만 말이다.

대화 이후 둘은 각자의 생각에 빠져 들었고, 이리저리 뒤척이던 키튼 중사는 늦은 밤이 되어서야 겨우 잠이 들 수 있었다. 그렇게 새로운 하루가 시작되었다. 키튼 중사가 일어났을 때, 카이론은 이미 자리에 일어나 식사까지 마치고 있었다.

키튼 중사는 부리나케 움직였다. 전장은 아니지만 이곳은 전선이었다. 때문에 아무리 아군 지역이라 할지라도 둘이 머문 자리를 철저하게 흐트러뜨릴 필요가 있었다. 불을 끄고, 풀을 버리는 등 이리저리 움직이는 그의 어깨를 잡는 두툼한 손이 있었다.

키튼 중사가 몸을 멈추며 손의 주인공을 바라보았다. 그리고 굳어졌다. 손의 주인은 카이론이었다. 그리고 그의 손에는 식사가 들려져 있었다. 키튼 중사는 말없이 자리에 앉아 식사를 하기 시작했다.

그때, 카이론이 주변을 정리하기 시작했다. 식사를 하다 말고 키튼 중사가 일어났다.

"제가 해도……."

"식사하도록."

간단한 말로 키튼 중사의 행동을 가로막는 카이론의 음성이었다. 키튼 중사는 엉거주춤 앉으며 식사를 했다. 그의 시선은 주변을 정리하고 있는 카이론으로부터 떨어지지 않고 있었다. 참으로 희한한 중대장이고 귀족이었다.

어느 중대장이나 귀족의 자제가 스스럼없이 주변을 정리한단 말인가? 그리고 이 식사는 또 무엇이란 말인가? 도저히 납득할 수 없는 행동이었다. 하지만 키튼 중사의 마음은 서서히 카이론을 향해 열리기 시작했다.

그리고 마침내 그가 식사를 다 마치고 준비를 완료하자 기다렸다는 듯이 카이론의 목소리가 들려왔다.

"가지."

"명!"

힘이 잔뜩 들어간 목소리였다. 키튼 중사는 인식하지 못하고 있지만 그는 서서히 변하고 있었다. 카이론을 진정한 중대장으로 인정하면서 생기는 변화였다. 그러한 원인은 몸으로 각인된 어제의 전율과 공포 때문이기도 하지만 그보다 더 크게 자리한 것은 막연한 기대감과 믿음이었다.

그들의 이동속도는 굉장히 빨랐다. 키튼 중사의 입장에서 이제는 속도를 조절할 필요성이 없었기 때문이었다. 그 정도의 무력을 가진 신임 중대장이 자신보다 뒤처질 거라는 생각은 절대 할 수 없었으니까.

카이론은 앞서서 빠르게 길을 안내하는 키튼 중사를 말없이 바라보았다.

생각보다 생각이 올곧았다. 행동은 상당히 가벼운 듯 보이나 결단을 내려할 시점에서는 과감하게 결단을 내리는 모습이 썩 괜찮게 여겨졌다.

앞서 길을 안내하며 간간히 현재의 상황을 전해 듣다 보니 어느새 98대대 1중대가, 통제 불능의 꼴통 중대가 머물고 있는 병영이 보였다. 솔직히 병영이라고 부르기에는 좀 그랬다.

그냥 대충 어른 허리만큼 높이로 박아 놓은 말뚝과 말뚝 사이는 밧줄로 연결되어 있고, 그 밧줄 사이에는 마른 나뭇가지가 대충대충 꽂아져 있었다. 그리고 중대 주변 10m 간격으로 높다란 망루가 있어 사방을 감시할 수 있게 설치되어 있었다.

하지만 그 높다란 망루마저 제대로 보수가 이루어지지 않아 여기 저기 썩고 문드러져 언제 무너져도 이상하지 않을 정도였다. 이렇게 허름한 중대의 병영이 아직도 점령당하지 않고 존재하고 있다는 것 자체가 신기할 뿐이었다.

거기에 덧붙여 꼴통 중대라는 것을 증명이라도 하듯이 군기는 그야말로 자유분방해서 군대인지 아니면 용병인지 아니면 시장의 저잣거리의 건달인지 도무지 알 수 없을 정도였다. 하지만 카이론은 고개를 미약하게 끄덕였다. 자유분방한 모습임에도 불구하고 그들의 몸에서는 날카로운 예기가 뿜어져 나오고 있었다

"칫! 여어~ 안녕하슈."

중대의 허름한 정문. 솔직히 울타리가 없어서 정문이지 아니면 정문인지 아닌지 구분도 안 갔다. 그러한 정문에 아무렇게나 앉아 있던 두 명의 병사 중 선임인 듯한 병사가 불량스럽게 키튼 중사를 반겼다.

키튼 중사는 슬쩍 카이론의 눈치를 살폈다. 그러나 카이론의 얼굴에는 그 어떤 표정도 드러나 있지 않았다. 그때 키튼 중사는 슬쩍 호기심이 동했다. 이 무시무시한 신임 대위가 대체 어떻게 이 중대를 장악할지 말이다.

"오랜만이우?"

"새끼들. 좀 일어나서 하면 안 되냐? 맨날 오뉴월 소불알 처지듯 축 처져서는. 쯧쯧."

"아따~ 키튼 중사님도 그런 말을 할 때가 다 있수."

"이 새끼들이."

짐짓 눈알을 부라리는 키튼 중사였지만 두 병사는 결코 일어나려 하지 않았다. 그러다 문득 선임 병사가 턱짓으로 카이

론을 가리키며 물었다.

"누구유?"

"새로 부임한 중대장님이시다, 새끼들아."

반응은 빨랐다. 키튼 중사의 말대로 오뉴월 소불알 처지듯 축 처져 제멋대로 무기와 장비를 던져두었던 두 병사는 먼지가 나도록 빠르게 일어서 부동자세를 취했다.

"헙!"

"다, 단결!"

초급 병사는 놀라 입에서 헛바람이 나왔고, 중급 병사는 부대 구호를 외쳤다. 그 모습을 보던 카이론이 걸음을 옮겼다. 지극히 무심한 표정이었다. 그리고 부동자세로 서 있는 두 병사를 스쳐 지나가며 입을 열었다.

"빠졌군."

단지 그 한마디였다. 그리고 그 한마디에 병사들은 썩은 돼지 간을 먹은 듯 시커멓게 죽어갔다. 앞날이 훤히 보이기 때문이었다. 통상적으로 신임 중대장이 오면 군기 잡기부터 먼저 시작한다는 것을 아는 탓이다.

중대장 아래에는 네 명의 소대장이 있다. 그리고 각 소대에는 부사관이 존재했다. 중대이기 때문에 하사가 다수였고, 그마저도 없으면 상급병이 하사를 대신했다.

한 개 중대는 100명에서 120명의 병사가 있고, 100명으로 이루어진 중대를 '간편'이라 칭하고 120명의 중대를 '완편'이라고 한다.

물론 전시에는 간편 중대에 20명의 병사를 추가시켜 완편 중대로 변하게 된다. 하물며 이곳은 최전방이니까 당연히 120명이어야만 했다. 하지만 1중대의 병력은 고작해야 90명 정도였다. 병력 규모가 간편 중대에도 못 미친다는 말이었다.

키튼 중사에게 들은 대로였다. 하지만 이미 카이론은 이들에 대한 생각을 마친 이후였다. 이러한 이들을 자신의 휘하에 두기 위해서 어떠한 방법을 사용해야 할지 말이다.

카이론은 짐짓 무거운 걸음을 옮겼다. 그 옆으로 키튼 중사가 입을 굳게 다물고 분위기를 조성하고 있었다. 여기저기서 키튼 중사를 알아보고 반갑게 인사하려 했지만 워낙 침중한 얼굴이라 어정쩡한 모습을 취하고 말았다.

중대 정문을 지나고 중대의 가장 높은 곳—이라고 해봐야 다른 막사의 위치보다 아주 조금 높은 지대에 위치한—에 있는 중대장의 막사에 도착했을 때 마침 중대장 막사에서 나오는 세 명의 기사를 만날 수 있었다.

"단. 결."

키튼 중사가 간단하게 인사를 했다. 그에 세 명의 기사는 경계를 하는 키튼 중사에게 반갑다는 듯이 인사를 받았다.

"단결. 오랜만이네?"

"무슨 일이야?"

세 명의 기사. 그들은 1중대의 소대장이었다. 한 명은 중간 정도의 키에 조금 통통했다. 한 명은 홀쭉하고 키가 컸으며, 한 명은 작고 다부져 보였다. 그중 통통한 소대장이 먼저 입을 열고 뒤이어 홀쭉하고 키가 큰 소대장이 약간은 신경질적으로 물었다.

"새로 부임하신 중대장이십니다."

"어?"

"뭐?"

"……."

반응은 다양했지만 결과는 같았다. 의심과 불신. 그리고 믿을 수 없다는 눈초리였다. 그도 그럴 것이 거대한 체구에 가려져 있을 뿐 신임 중대장이라고 온 사람은 너무나도 앳되어 보였기 때문이었다.

'이건 뭐지?'

'이런 애송이가 중대장?'

그들의 눈이 썩은 것이 아니라면 분명 애송이었다. 솜털도 가시지 않은 그런 애송이 말이다. 그에 세 명의 소대장의 표정이 서서히 일그러지기 시작했다. 말도 안 되는 인사 발령이었기 때문이었다.

"인사 안 하나?"

"아. 다, 단결!"

"단결. 안으로 들지."

그러한 그들을 먼저 제압하고 나선 것은 역시 카이론이었다. 그는 간단하게 말을 하고 중대장 막사로 행하니 들어가 버리는 카이론. 그의 뒷모습을 얼빠진 듯 지켜보는 세 명의 소대장. 작고 다부져 보이는 소대장이 눈짓으로 물었다.

'어떻게 된 거야?'

'낸들 압니까?'

팔을 벌려 어깨를 으쓱해 보이는 키튼 중사. 자신도 모른다는 완곡한 표현이라 할 것이다. 굳이 알려줄 필요는 없었다. 사람은 겪어 보는 게 최고였으니까.

물론 그 이면에는 너희들도 한 번 당해봐라 하는 소심한 키튼 중사의 복수도 끼어들어 있었다. 그에 세 명의 소대장은 서로의 얼굴을 쳐다보더니 쓴웃음을 짓고 중대장의 막사로 들어갔다.

중대장 막사 안의 네모난 탁자 중앙에는 카이론이 팔짱을 낀 채로 떡하니 자리하고 있었다. 체구 때문인지 중대에서 개인 집무실로는 가장 큰 중대장 막사가 오히려 작아 보일 정도였다.

"앉아!"

그런 카이론의 모습을 보고 우두커니 서 있는 세 소대장에게 나직하고 단단하게 느껴지는 음성이 들려왔다. 무언가 해야 한다는 생각이 들었지만 왠지 모르게 자꾸 위축되는 느낌에 세 소대장은 부지불식간에 답했다.

"아! 넵!"

그들은 각자 자리를 잡고 앉았다. 앉으면서도 그들은 참으로 기이한 일이라고 생각했다. 그들에게 있어서 신임 중대장은 앞으로 자신들이 군대 생활을 편하게 하기 위해 길들이기를 해야 할 대상이었다.

때문에 첫 부임한 중대장과 소대장들 사이에는 상당한 긴장감이 흐르게 마련이었다. 그것은 서전트들과도 마찬가지였다. 서전트는 기본적으로 이곳에서 삶을 영위하는 자들이니 더욱더 그런 견제가 심하다 할 수 있었다.

'분명 신입 소위라고 했는데…….'

'자대에 배치되자마자 대위에다 중대장이라… 이런 씨벌.'

'지랄. 중대장은 무슨 얼어 죽을.'

그들은 알고 있었다. 중대장으로 부임한 이들에 대해서 생전 아무런 정보도 주지 않던 인사 참모가 정보를 줬다. 신임 소위인데 중대장 자리가 공석이라 대위로 임명하고 중대장으로 보낸다고.

그리고 인사 참모의 신신당부도 있었다.

'적당히 돌려!'

그래서 적당히 돌리려 했다. 아무리 계급이 깡패라지만 부대의 실정에 대해서 아무것도 모르는 데 무슨 깡패 짓을 할까? 그런데 왠지 자신들의 계획이 처음부터 틀어질 것 같은 느낌이 들었다.

지금 자신들의 앞에 있는 신임 중대장은 햇병아리가 아닌 마치 전장에서 닳고 닳은 백전노장을 눈앞에 두고 있는 듯한 느낌이 들었기 때문이었다. 날카롭게 벼려진 감각이 그리 말하고 있으니 세 소대장은 이 감각은 대체 뭔지 어리둥절해하고 있었다.

'만만치 않군.'

그 어리둥절함 속에서도 소대장들이 느낀 감정은 하나로 통했다. 하지만 그것을 아는지 모르는지 카이론은 그저 팔짱을 낀 채 단 한마디도 없이 눈을 감고 있을 뿐이었다. 사실 그는 지금 소대의 분대장들을 기다리고 있었다.

중대장 막사의 적막이 깨진 것은 각 소대장으로부터 호출받아 달려온 분대장들 때문이었다. 그들은 평소처럼 느긋하게 군장조차 제대로 착용하지 않고 중대장 막사를 들어왔다.

"무슨 일입니까. 소대장님?"

"애송이가 왔다면서요?"

"아~ 정말 바쁜데……."

그렇게 말하면서 중대장 막사 안으로 들어오던 12명의 분대장은 그대로 굳어졌다. 가장 상석. 그러니까 중대장이 앉아 있을 자리에 거대한 체구의 사내가 팔짱을 낀 채 눈을 감고 있었기 때문이었다.

'무슨 하프 오거냐?'

'소위라면서 대위냐? 어떤 새끼가 거짓 정보를.'

그들은 카이론의 강렬한 첫인상에 말을 잊은 채 슬그머니 자신의 소대장 뒤로 돌아가 착석했다. 소대장이나 분대장 모두 똥 씹은 얼굴이었다. 다시 찾아온 고요함.

시끄러움이 사라지고 카이론은 눈을 떴고, 팔짱을 풀어 회의실 내부를 쓰윽 훑어보았다. 순간 카이론의 눈과 시선이 부딪힌 소대장과 분대장들은 등골이 서늘해졌다.

'저 눈빛은 결코 애송이가 아니다.'

모두의 공통적인 생각이었다. 절대 저런 눈을 가진 사람은 애송이가 될 수 없었다. 백전노장의 눈빛. 그리고 그것을 증명하기라도 하듯 자연스럽게 흘러나오는 기세. 이미 소대장들과 분대장들은 완전히 기세에 밀리고 있었다.

"정확히 24분 걸렸군."

"……."

말이 없었다. 카이론은 자리에서 일어났다.

"지금부터 5분 주겠다. 전 중대원은 완전 군장을 착용한 후 연병장 중앙에 집합한다."

그 말을 남기고 막사를 벗어났다. 뜬금없는 카이론의 말에 무슨 뜻인지 몰라 서로를 바라보다 약간의 시간이 지나서야 겨우 그 말뜻을 알아듣고 얼굴을 일그러뜨렸다.

"이런 젠장!"

"씨발. 훈련 경계경보 셋! 훈련 경계경보 셋!"

소대장 가장 선임으로 보이는 홀쭉하고 장신인 소대장이 신경질적으로 외치자 그때서야 후다닥 소리가 나며 분대장들이 빠르게 중대장 막사를 뛰쳐나갔다.

훈련 경계경보는 세 단계로 나눠지는데 일 단계는 평상시에 무기를 지니지 않은 상태에서 간편 군장으로 작업 및 부대 정비를 하는 것이고, 이 단계는 모든 부대 정비 및 작업을 중지하고 주 무기를 소지한 상태에서 간편 군장 착용 후 10분 이내 집합이었다.

삼 단계는 모든 부대 정비 및 작업을 중지하고 실제 전쟁 시에 착용하는 모든 무기와 함께 완전 군장 착용 후 5분 이내 집합을 말했다. 이른바 전쟁 시 출군하기 위한 집합을 의미했다.

'염병할 새끼. 그냥 훈련 경계경보 셋! 이러면 될 것을.'

누군가가 그리 생각했다. 하지만 그것은 오산이었다. 카이론은 몰라서 그리 말했을 뿐이었다. 군대라는 것은 21C의 대한민국이나 이곳이나 다를 것이 없을 것이라는 생각에 이뤄진 명령이었다.

그가 아카데미에서 군사에 대한 모든 것을 익혔다고는 하지만 아직 완벽하게 체화된 것은 없었다. 체화하기 위해서는 오랜 시간 경험하는 수밖에 없었다.

지금 중요한 것은 중대의 주도권을 가지고 오는 것이다. 지금 카이론이 하는 행동은 주도권을 가져오기 위한 밑작업이었다.

아무리 최전방의 중대라고는 하지만 통보도 없이 완전 군장 상태로 5분 이내로 집합하기는 어렵다. 미리 군장을 준비했으면 모를까.

카이론은 작은 연병장 중앙 단상에서 검은색 전투 슈트와 검은색 바이저를 내리고 팔짱을 낀 채 오연하게 서 있었다. 그 모습은 마치 거대한 동상과 같았으니 그 효과는 실로 대단했다.

'잘못 걸리면 뒤지겠네.'

'저게… 사람이냐? 아니면 오우거야?'

'아우~ 말년에 이게 뭔 꼴이냐.'

병사는 병사대로, 부사관은 부사관대로, 소대장은 소대장

대로 점점 깜깜해지는 앞날을 생각하고 있었다. 지금 이 순간 모든 주도권이 이미 넘어가고 있다는 것을 꿈에도 생각지 못하고 있었다.

그리고 그들이 오와 열을 맞춰 정렬한 시간은 무려 20분. 선임 소대장이 집합 인원 보고를 하려는 순간 카이론의 입이 조용히 열렸다.

"경과 시간 20분. 완전 군장 해체 후 부대 정비. 소대장들은 중대장 막사로 집합한다. 이상!"

그리고 다시 중대장 막사로 걸어 들어가 버리는 카이런이었다. 보고를 하려던 선임 소대장의 얼굴이 일그러졌다.

"해산!"

부대가 해산되었다. 여기저기서 웅성거리기 시작했다.

"이런 쓰벌. 이게 뭔 짓거리래?"

"고문관이야~ 고문관!"

"에잇! 똥 싸다 말고 왔네. 아오~"

분대장들이 병사들을 이끌고 각 소대로 돌아갔다. 소대장들은 군장을 그들에게 맡기고 간편 군장을 착용한 후 다시 중대장 막사로 걸어갔다.

"뭔가 말리는 느낌이다."

"그러게……."

"……."

통통한 소대장, 미켈슨 바이에른 소위가 찜찜하다는 듯한 얼굴로 입을 열었고, 작고 다부진 몸을 한 해머슨 카르타고 소위가 동조했다. 그리고 홀쭉하고 장신인 프라이머 엔그로스 소위는 인상을 있는 대로 찡그리고는 아무 말도 하지 않았다.

바이에른 소위가 물었다.

"왜 말이 없어?"

사실 이 세 명 중 엔그로스 소위가 가장 선임이고 나이도 많았지만 지난 1년 6개월 동안 같이 지내면서 상당히 친해져 사석에서는 서로 친구처럼 대하는 사이였다.

"주도권이 넘어갔어."

나직하게 말을 하는 엔그로스 소위의 말에 바이에른 소위와 카르타고 소위가 걸음을 멈췄다. 그리고 놀란 듯 이마를 짚었다.

"맙소사!"

"어떻게 우리가 그것을 모를 수 있지?"

두 소위는 절대 있을 수 없다는 듯이 입을 열었지만 사실 그들이 카이론을 어떻게 하기에는 그 시간이 너무 짧았다. 신고식도 없었고, 아무것도 없었다. 중대 위병을 지나쳐 곧바로 중대장 막사로 왔고, 또 집합을 걸었다.

일련의 행동이 마치 잘 짜 놓은 계획처럼 딱딱 들어맞고 있었다. 소위들과 부사관들은 알고 있음에도 당한 것이다. 엔그로스 소위가 원인을 생각해 봤다.

일단은 거대한 체구가 있다. 하프 오거를 생각할 정도의 체구에 기가 질렸다. 처음 신임 중대장을 봤을 때 체구 말고는 아무 생각도 나지 않을 정도였으니까.

둘째로는 시간을 허용하지 않았다. 마치 잘 짜 놓은 한 편의 연극처럼 물 흐르듯 자연스럽게 행동했다. 어떤 반격도 허용치 않고 말이다. 자신들의 허점과 방심을 아주 제대로 찌르고 들어온 것이었다.

셋째로 그는 당당했다. 너무 당당해서 소위가 아닌 닳고 닳은 백전노장처럼 여겨질 정도였다.

'만만치가 않아.'

정말 만만치 않았다. 그렇게 신임 중대장을 파악하는 동안 어느새 중대장 막사에 다다랐다. 신임 중대장은 여전히 특이한 일체형의 검은색 풀 플레이트 메일을 해체하지도 않은 채 앉아 있었다.

풀 플레이트 메일 외에 베시넷(기사용 투구)은 얼굴의 절반을 가리고 입 주변만 겨우 드러나 있을 뿐이었다. 그 외에는 완벽하게 검은색 일색이었다. 눈을 볼 수 없으니 표정도 읽을 수가 없었다.

'풀 플레이트 메일이 꽤 비싸 보이는데…….'

광장히 비싸보였다. 적어도 초급 장교가 걸치는 풀 플레이트는 아닐 성싶었다. 적어도 영관급 귀족이 입는… 아니, 그 이상의 풀 플레이트가 아닐까 생각해 본다.

그렇다면 전방의 중대장으로 부임하기는 했지만 천한 신분은 아닐 것이다. 혹은 가능성은 거의 없지만 이토록 능숙하게 병력을 통솔하는 것을 보면 백전노장이 강등된 것일 수도 있었다. 자신들에게 잘못된 정보가 온 것이고 말이다.

이런저런 생각으로 머리가 띵해져 올 즈음 카이론이 다시 일어났다.

"시간은 4분. 완전 군장으로 집합한다."

그리고는 횅하니 막사를 나가 버린다.

"씨발! 1분 줄었네."

다시 중대 병영이 거친 외침으로 시끄러워졌다.

"훈련 경계경보 하나!"

"훈련 경계경보 하나!"

이전보다 훨씬 빨라졌다. 다시 엔그로스 선임 소대장이 보고 준비를 했다.

"많이 좋아졌군. 10분. 해산!"

다시 해산이었다. 사관이든 병사든 분노의 아우라가 치솟아 올랐다. 하지만 그것은 시작에 불과했다. 20분 뒤 다시 훈련 경계경보 하나가 발동 되었다. 시간은 단축되었다.

"8분! 해산!"

세 번째였다. 다시 1시간 뒤 훈련 경계경보 하나가 발동되었고, 걸린 시간은 5분이었다. 군장을 풀지 않고 대기한 것이다.

"5분. 내 명령은 4분이었다. 해산!"

하루 종일 훈련 경계경보가 발령되었다. 심지어는 화장실 갈 시간도 중식이나 석식을 먹을 시간도 없었다. 신임 중대장은 지치도 않았다. 병사들은 몇초가 틀어져 해산되기를 끊임없이 반복했다.

그렇게 아침부터 시작해서 중식과 석식을 건너뛰고, 자정을 넘겨서야 드디어 모든 명령을 완벽하게 마칠 수 있었다.

"열외 무. 총원 95명. 이상 집합 끝. 단! 결!"

"단결! 쉬어!"

"쉬어!"

"전체에~ 쉬어!"

처저적!

하루 종일 해산과 집합을 반복했으면 지치게 마련이지만 지금 모인 병사들에게는 흐트러진 모습조차 없었다. 대신 그들의 눈동자에서는 불이 번쩍일 정도의 독기가 보였다.

"3분 25초! 당일 새벽 05시 기상. 기상 후 10킬로미터 구보를 실시한다. 이상!"

"이상!"

"단! 결!"

"단결! 해산!'

"해산!"

"전체에~ 해! 산!"

그렇게 길고 긴 훈련이 끝을 맺었다. 해산이라는 말이 끝남과 동시에 병사들은 모두 그 자리에 털썩 주저앉고 말았다. 모든 것이 끝났다는 생각이 뇌를 지배하자 순식간에 허탈감이 몰려왔던 것이다.

그것은 소위들도 마찬가지였다. 그들은 중대장 막사로 갈 생각도 하지 못하고 있었다. 그리고 그들은 불길한 느낌에 사로잡히고 있었다. 왠지 모르게 앞으로 무지하게 힘들어질 것 같다는 느낌말이다.

그들이 마치 슬라임처럼 지친 몸을 이끌고 각 소대 막사로 돌아가고 있을 때, 카이론은 바이저를 해제하고 중대장 막사로 향했다. 그의 옆에는 키튼 중사가 있었다.

"저기 중대장님."

카이론이 키튼 중사를 바라봤다. 카이론의 시선을 받은 키튼 중사는 잠시 움찔하기는 했지만 그래도 입을 열어 궁금한 것을 물었다.

"군기 잡기입니까?"

"군기? 그렇게 보이나?"

"아닙니까?"

의외의 말에 살짝 놀란 키튼 중사가 되물었다. 카이론은 신형을 돌려 연병장에서 각 소대 막사로 흩어지고 있는 병사들을 바라보았다.

"저들 중에 몇 명이나 살아서 이 전장에서 벗어날 수 있다고 보는가?"

"그야……."

"나는 저들을 될 수 있으면 많이 살리고 싶다."

"……."

그 말을 남기고 카이론은 키튼 중사의 말을 듣지도 않은 채 막사 안으로 들어가 버렸다. 키튼 중사는 그런 카이론의 등을 한없이 바라보기만 했다. 키튼 중사의 눈가는 잘게 떨리고 있었다.

그는 20년 동안 98대대에 근무하면서 무수히 많은 장교를 만났다. 장교들의 근무 연한은 길어야 3년. 그 기간이 끝나면 부대를 떠나 다른 부대로 이동했다.

더 편하고, 더 안전한 곳으로. 어떻게 해서든지 말이다. 전문적으로 군에 몸담을 기사도 모셔봤고, 귀족의 장자도 모셔봤다. 하지만 그들 중 누구도 병사들을 살리고 싶다고 말한 사람은 없었다.

"쓰벌! 멋지잖아!"

멋졌다. 적어도 키튼 중사가 보기에는 그랬다. 지극히 주관적인 감상이기는 했지만 지금껏 그 누구에게서도 들어보지 못했던 말이기에 더욱 그런 것도 있을 것이다.

어쨌든 감동은 감동이었다. 다만, 그 감동 뒤에 따라오는 걱정이 하나 있기는 했다.

'가만. 오늘 하루가 이정도면 내일은……'

갑자기 오한이 드는 키튼 중사였다. 오늘 하루 카이론은 물 한 모금도 입에 대지 않았다. 독했다. 그것도 보통 독한 것이 아니라 엄청나게 독했다. 그러고도 전혀 흐트러짐이 없었다.

"뒈졌군."

거친 말이 입에서 튀어나왔지만 어둠 속으로 사라지는 키튼 중사의 입가에는 왠지 모를 웃음이 떠올라 있었다. 그렇게 98대대 1중대의 하루가 저물어갔다.

그리고 새로운 아침이 시작되었다. 아니 아침이라기보다는 새벽이었다. 여름인지라 벌써 해가 떠 사방을 밝게 비추고 있었다. 병사들은 원래 06시에 기상이다. 그것은 언제나 일정하다. 군이라는 것이 그런 거니까.

그런데 한 시간 이상 일찍 기상해야만 했다. 당연히 인상을 찌푸리고 입에서 육두문자가 안 나올 수 없었다.

"염병할! 이거 무슨 군기 교육대야?"

"내 말이~ 무슨 놈의 귀족 새끼들은 오기만 하면 이 짓거리냐?"

"또 어떤 새끼한테 갈굼당하고 우리한테 분풀이하는 거지 뭐."

"드러운 세상. 귀족들은 배때기 두드리며 숨어 있고, 힘없는 평민이나 이 짓거리지."

"중대장 새끼. 이 시간에 나오긴 하려나?"

"내기할래?"

여태껏 중대장이 아침 구보에 참여한 적은 없었다. 중대장은 단지 명령을 내리는 사람일 뿐, 참여하는 사람이 아니었기 때문이었다. 그들은 그렇게 인식하고 있었다.

"뭘 걸래?"

병사들은 어제 저녁 12시가 넘어서 잠자리에 들었다. 불과 다섯 시간도 자지 못한 것이다. 거기다 어제는 하루 종일 굶었다. 물만 마셨다는 거다. 그러니 불만이 없을 수 없었다.

"어?"

"뭐?"

"저기……."

"어디?"

막사에서 걸어 나오며 내기하려던 병사들. 그들에게 연병장 중앙에 서 있는 거대한 체구의 사내가 보였다. 상의를 완전 탈의한 상태. 하의는 예의 검은색의 풀 플레이트 메일을 걸치고 있었다.

분명 중대장이었다. 그에 병사들은 서로를 바라봤다. 살아남기 위해서는?

"뛰어!"

우다다닥!

3개 소대 병력 모두가 발에 땀이 나도록 뛰었다. 그들이 모두 정렬하고 있을 때 비로소 부사관들과 소대장들이 어슬렁거리면서 나타났다. 하지만 그들도 병사들과 다르지 않았다.

"전군! 뛰어!"

"뛰어!"

"갓!"

"갓!"

하지만 카이론은 그들을 기다려 주지 않았다. 병사들이 정렬을 마치자 그대로 구보를 시작했다.

척! 척! 척!

겨우 90여 명이지만 그들이 발 맞춰서 뛰는 소리는 그야말로 심장을 뛰게 했다.

"하나! 둘! 하나! 둘!"

구령에 맞춰서 열심히 뛰는 병사들. 그 뒤를 얼굴을 딱딱하게 굳힌 채 따라오는 부사관과 소대장들. 그들이 어슬렁거리며 나올 때 출발했기에 병사들과 상당한 거리가 있었고, 그들은 중대장이 이끄는 중대 병력을 따라 잡으려 숨이 턱에 차도록 뛰어야만 했다.

"구보 간에 군가 한다. 군가는 멋있는 사나이! 하나. 둘. 셋. 넷!"

"멋있는 사나이! 많고 많지만 바로 내가! 사나이! 멋진 사나이~"

군가가 시작되었다. 솔직히 이게 맞는지도 모르는 카이론이었다. 지금 구령에 맞춰 부르는 노래는 아카데미에서 현장 실습할 때 후방에서 몇 번 들어보았던 그런 군가일 뿐이었다. 그들이 이렇게 군가를 하며 구보를 하는 것은 어떻게 보면 시위라 할 수 있었다.

지금의 전장 상황은 잠정적인 소강상태라 할 수 있었다. 그러한 판국에 상대에게 아직도 우리는 건재하다는 것을 보여주기 위한 것으로 가장 좋은 방편은 바로 우렁찬 군가와 대수롭지 않게 훈련하는 모습을 보여주는 것이었다.

정찰에도 위력 정찰이 있듯이 이것 역시 위력 시위였다. '봐라! 우리는 이만큼 강하다. 너희들이 어떤 도발을 해도 절대 우리를 넘을 수 없다' 는 것을 보여주는 위력 시위 말이다. 물론 카이론의 의도가 진정으로 위력 시위에 있을지는 모르지만 말이다.

90명이 함께 소리치는 군가는 우렁찼다. 산천초목은 아닐지라도 아직 깨어나지 않는 밝은 새벽을 깨우기에는 충분할 정도였다. 그렇게 1km, 2km를 달리고 달려 5km지점에 도달했을 때 낙오하는 병사가 생겨나기 시작했다.

"선두 제자리!"

카이론의 명령에 제자리에서 뛰고 있는 병사들. 그들의 얼굴은 붉게 달아올라 있었고, 가슴은 심하게 기복을 형성하고 있었다. 그리고 거의 100m이상을 낙오한 병사를 기다리고 있었다.

가장 후미에 있던 병사 몇 명이 뒤로 가더니 힘들게 뛰어온 낙오 병사를 부축해 열에 참가했다. 그러나 그것마저도 여의치 않은 병사가 있었다. 삐쩍 마르고 숨이 턱까지 차 쓰러진 병사였다.

"힘든가?"

"후욱! 후욱!"

대답 대신 거친 숨만 내 쉬는 병사였다. 얼굴이 창백했다. 눈은 아직 살아 있었다. 낙오하고 싶지는 않으나 몸이 따라주질 않는 것이었다. 영양실조가 분명했다.

카이론은 말없이 그 병사를 등에 업었다. 그리고 구보 대형의 중간으로 와서 다시 외쳤다.

"출발!"

"출바알!"

병사들은 말이 없었다. 힘들기 때문이기도 하고, 쓰러진 병사까지 업고 뛰는 카이론을 보고 있기 때문이기도 했다. 지치기는 자신들이나 중대장이나 똑같을 것이다.

그런데 어제 처음 부임한 중대장이 쓰러진 병사를 등에 업고 뛰고 있었다. 병사들은 숨을 고르며 병사를 업고 뛰는 중대장의 등을 바라보았다. 넓었다. 아주 넓었다.

'조금, 아주 조금 멋있네.'

'좀 다른가?'

반환점을 돌고 다시 부대로 복귀하는 길. 쓰러지는 병사는 없었다. 카이론의 등 뒤에 업혔던 병사는 그의 등에서 내려 다시 뛰고 있었다. 소대장들과 부사관들은 어느새 각자의 소대 옆에 붙어 병사들을 독려하고 있었다.

어느새 병사들과 부사관, 그리고 소대장이 하나가 되었다. 그 중심에는 물론 카이론이 있었고 말이다. 키튼 중사 역시 마찬가지였다. 그는 회심의 미소를 짓고 있었다.

'저 양반 뭘 좀 아네.'

병사들과 사관 그리고 장교를 한데 묶는 방법을 알고 있었다. 남자들만의 세계에서 서로의 경계를 넘는 방법은 하나다. 바로 함께하는 것. 그것이 나쁘게 작용할 때도 있지만 이렇게 좋게 작용하는 경우가 더 많았다.

말하지 않아서 그렇지 외로움은 누구에게나 찾아오는 것이니까. 그리고 인간은 어울려야 살아갈 수 있으니까. 카이론은 스스로 그들의 세계에 뛰어든 것이다. 아주 강렬한 인상을 가진 채로 말이다.

"훈시!"

선임 소대장이 외쳤다. 카이론은 상의를 탈의한 채로 단상에 올랐다. 좌에서 우로 병사들을 훑었다. 붉게 상기되고, 아직도 심장은 진정되지 않은 병사들이 태반이다.

아니 전부라고 할 수 있었다. 말이 10km 구보지 그것은 실로 쉽지 않음을 너무도 잘 안다. 아마도 지금쯤이면 정신력으로 버티고 있는 이들이 다수일 것이다.

"전장에서는 절대 동료를 버리지 않는다. 이상!"

"이상!"

"중대장님께 대하여 경례!"

"단! 결!"

"단결!"

카이론은 돌아서 자신의 막사로 향했고, 병사들은 카이론이 사라질 때까지 그대로 대열을 유지했다. 그리고 카이론의 모습이 보이지 않자 크게 한숨을 내쉬며 그대로 풀썩풀썩 주저앉았다.

어떤 병사는 사방으로 손과 발을 뻗으며 누워버렸다. 그것은 비단 병사에게만 적용되지 않았다. 바로 소대장과 사관도 마찬가지였다. 그나마 소대장들은 출신과 체면 때문에 병사들과 같이 하지 못할 뿐 그들도 입에서 단내가 풀풀 나는 건 어쩔 수 없었다.

"장난 아니군."

"…넌 말할 기운이라도 있지."

카르타고 소위와 바이에른 소위가 말을 주고받았다. 세 명의 소대장 중 바이에른 소위가 가장 체력이 약해서인지 그의 얼굴은 마치 밀가루 반죽처럼 해쓱했다.

"후우~ 어렵군."

"뭐가 말인가?"

엔그로스 소위가 한숨을 내쉬자 카르타고 소위가 물었다.

"이번 중대장. 쉽지 않겠어. 단 하루지만 벌써 병사들은 그의 명을 따르기 시작했어."

"…그렇군."

세 명은 말이 없었다. 그러기를 한참. 마침내 다른 두 소대장과는 다르게 병사들처럼 드러누워 있던 바이에른 소위가 몸을 일으켜 세우며 입을 열었다.

"솔직히 나쁘지 않다고 봐."

통통한 몸매만큼이나 긍정적인 바이에른 소위였다.

"이번에 부임한 중대장은 비록 초짜지만 기존의 중대장과는 조금 다른 것 같더라고. 일단 알지 모르겠지만 그는 어제 하루 종일 물 한 모금도 마시지 않고 같이 굶었어. 오늘은 가장 먼저 나왔고, 병사를 업고 같이 뛰었지. 그리고 그의 마지막 한마디."

사실 그가 신임 중대장을 괜찮게 생각하는 이유가 바로 그것이었다. 모든 것을 함께한다는 것 말이다. 그리고 마지막 전우를 버리지 않는다는 말이 가슴을 크게 울렸기 때문이라 할 수 있었다.

"근데 말이다. 오늘도 그 멀건 스프겠지?"

"뭐 그렇지. 어제 오늘 사냥을 못했으니."

"쯧. 하나가 풀릴 조짐이 보이니 하나가 막히는구만."

"일단 가자고."

세 명의 소위는 힘들게 몸을 일으켜 세웠다. 사실 그들이 전투에 닳고 닳았고, 체력적으로 어디에 내놓아도 뒤지지 않은 것은 분명했다. 하지만 어제와 오늘을 연이어 긴장 속에서 보낸 것으로 인해 정신적으로 녹초가 될 수밖에 없었다.

그들은 소위, 즉 위관 장교였지만 그들이 향하는 곳은 병사들이 줄을 서 있는 식당이 있는 쪽이었다. 평소처럼 건들거리며 식당 안으로 접어드는데 평소와는 다르게 너무나도 조용했다.

키가 큰 엔그로스 소위가 눈을 돌려 식당 안을 훑어보았다.

그리고 그 원인을 알아낼 수 있었다. 굳이 꼭지 발을 딛지 않아도 충분히 보이는 거대한 체구의 사내. 바로 신임 중대장 카이론 에라크루네스 대위가 보였다.

카이론과 엔그로스 소위의 시선이 부딪혔다. 그에 카이론이 신형이 엔그로스 소위가 있는 곳으로 돌려세워졌다. 그의 식판에는 멀건 스프가 담겨져 있었다.

카이론이 물었다.

"이게 식산가?"

"그……."

"식자재 창고를 보고 싶군."

엔그로스 소위의 의사를 묻지도 않았다. 당장 안내하라는 눈이었다. 엔그로스 소위는 어쩔 수 없다는 듯이 어깨를 절레절레 흔들더니 앞장섰다. 두 명의 소위 역시 따라 붙었다.

도대체 이놈의 신임 중대장은 시간을 안 준다. 또한 불과 며칠 전에 소위 계급장을 단 신임 장교라고는 절대로 생각할 수 없을 만큼 군대란 조직에 대해서 잘 알고 있었다.

마치 닳고 닳은 영관급 장교나 현지에서 20년 이상을 살아온 상사처럼 말이다.

아니, 실제로 영관급 장교라고 해도 이렇게 빨리 부대의 모든 것을 장악하는 경우는 드물다. 상황이 다르기 때문이다. 실무진을 자신의 편으로 만들어야 전투나 혹은 부대 운영에 있어서 좋기 때문에 적어도 3개월은 하는 꼴을 그냥 보기만 한다.

예컨대 적응 기간이라는 것이다. 그리고 움직이려면 그 이후 움직인다. 완전하게 부대의 체계를 자신의 위주로 만드는 작업이다. 그런데 신임 중대장은 전혀 그런 것이 없었다.

마치 오랫동안 이 중대에서 생활한 듯 거침없이 움직이고, 단 하루 만에 심적으로는 아니더라도 육체적으로 모든 병사를 휘어잡은 것이었다.

그리고 새벽 구보 이후에 한 훈시에 병사들의 마음이 다시 움직였다. 애송이가 아니라 진짜 중대장이라는 느낌을 받고 있었다. 그것도 아주 노련한 중대장 말이다.

엔그로스 소위는 카이론을 식당과 바로 붙어 있는 식자재 창고로 안내했다.

그르르륵!

허름했지만 그래도 120명이 먹을 분량을 저장해야 하기에 상당히 큰 창고였다. 창고 안은 어두컴컴하고 퀴퀴한 냄새가 나고 있었다. 그리고 정작 보여야 할 식자재는 거의 없었다.

"어떻게 된 건가?"

"에~ 그것이……."

말을 흘리는 행정보급관이었다. 곁에는 중대 행정보급관이 어느새 찾아와 자리하고 있었다. 지금껏 단 한 번도 모습을 비춘 적 없는 행정보급관이었다. 카이론의 시선이 중대 행정보급관에게로 향했다.

그리고 서서히 몸을 돌려 머뭇거리고 있는 중대 행정보급관 바로 앞까지 다가왔다. 단지 걸음을 옮긴 뿐인데도 2m30cm라는 거대한 체구는 충분히 압박감을 주기에 충분했다.

"누구지?"

"예?"

"누구냐고 물었다."

"주, 중대 행정보급관 중사 케이먼입니다."

"구보에서는 안 보이더군."

"부식 때문에……."

"한 번 보지."

그 말을 남기고 걸음을 옮기는 카이론이었다. 그런 카이론의 모습에 얼굴이 급격하게 일그러지는 케이먼 중사였다. 그가 향하는 곳에는 부식을 싣고 온 마차가 대기하고 있었다.

마차는 두 대. 카이론이 팔짱을 꼈다. 그리고 심드렁하게 케이먼 중사에게 물었다.

"마차 한 대당 부식의 양은?"

"에… 그게."

망설이는 케이먼 중사였다. 카이론은 나직하게 읊기 시작했다.

"병사가 하루 1.5kg을 소비하지. 우리 중대는 간부까지 모두 합쳐서 95명. 하루 1.5톤의 식량이 필요하다는 말이 된다. 또한 중대에는 통상적으로 한 달 정도의 전투 식량을 비치하도록 되어 있다. 아닌가?"

"그……."

맞다. 아주 정확했다. 그래서 할 말이 없는 케이먼 중사였다.

"짐말을 보니 라운시 종이로군. 보통 짐마차 한 대에 최대 80kg의 식량 12포대를 싣는 것으로 알고 있으며, 그러면 한 수레당 960kg을 운반할 수 있다. 이것도 맞는가?"

"마. 맞습니다."

이제는 식은땀까지 흘리는 케이먼 중사였다. 실제 중세의 병사들은 하루에 5천 칼로리 정도의 식사를 공급 받았다. 현대의 성인 남성이 2,500칼로리 남짓한 식사를 하는 것을 보면 그 두 배에 이르는 식사량이라 할 수 있었다.

"그런데 말이야……."

말을 흐리며 카이론은 짐마차 위에 실려 있는 포대를 하나 들어 올렸다. 그것도 아주 가볍게 말이다.

"아무리 많이 쳐 줘도 절대 80kg의 무게가 안 나가겠는데 말이지. 어떻게 생각하나?"

그러면서 집었던 포대를 케이먼 중사 앞으로 툭 던지는 카이론이었다. 그것도 아주 가볍게. 마치 썩어가는 나뭇가지를 던지듯 말이다. 자신의 발치 앞에 떨어진 포대를 바라보는 케이먼 중사의 얼굴이 점점 썩어들어 갔다.

"게다가……."

카이론이 몸을 숙였다. 그리고 자신이 집어던진 포대가 터진 후 그 속에서 흘러나오는 내용물을 만지며 입을 열었다.

"이건 쭉정인데… 이거 식량이 아니라 말 먹이인가?"

쭉정이를 들고 일어나며 케이먼 중사의 눈앞에 들이미는 카이론이었다. 무심한 시선이 케이먼 중사의 시선과 부딪혔다. 시커멓게 죽은 얼굴을 한 케이먼 중사의 얼굴.

그때였다.

"여어~ 다들 안녕들 한가?"

식당 안에서 문을 열고 나오는 이가 보였다. 카이론의 시선이 모두 그쪽으로 쏠렸다. 그곳에는 한 명의 장교와 한 명의 부사관이 서 있었다. 카이론과 별로 달라 보이지 않는 위관 장교이와 나이든 부사관.

"누구지?"

"5군단 군수 지원 사령부의 보급품 전달관 어니스트 톰슨 대위님과 상사 게오르그입니다."

"보급품 전달관?"

"이곳은 최전방이기에 식재료 및 보급품이 정확하게 전달되었는지 혹은 누군가 보급품을 다른 용도로 사용하지 않는지를 확인하거나 관리 감독하는 직책입니다."

카이론의 물음에 키튼 중사가 옆에서 설명했다. 이제는 대대에 복귀하지 않고 이곳에 머물고 있는 키튼 중사였다. 마치 카이론의 부관이나 되는 양 말이다.

"그런데… 뭐하는 건가?"

톰슨 대위가 고개를 삐딱하게 세우며 물었다. 그의 눈은 가자미처럼 좌우로 가늘게 늘어지고 있었다. 지금의 상황이 마음에 들지 않는다는 표현일 것이다.

일단은 그림자가 생길 정도로 저 거대한 체구의 중대장이 마음에 들지 않는다. 직위상으로는 소위지만 직책상으로 중대장이었다. 그리고 자신은 일개 심부름꾼에 지나지 않았지만 상대는 완편 120명을 지휘할 수 있는 지휘관이고 말이다.

직책상 오히려 자신이 경례를 붙여야만 할 것이다. 더군다나 이곳은 최전방으로 수시로 바이큰 족과의 접전이 벌어지는 곳이기 때문에 자신이 상위 부대에 속해 있기는 하지만 현지의 지휘관을 무시할 수 있는 곳이 아니었다.

"가져온 식량에 대해 논하고 있었소."

"왜? 무슨 문제라고 있나?"

아무것도 모르겠다는 듯이 물어오는 톰슨 대위. 그의 입에는 비열한 웃음이 매달려 있었다. 그것을 보고 전후 사정을 깨닫지 못할 카이론이 아니었다. 카이론은 한쪽에 뻐딱한 자세로 서 있는 중대 행정보급관을 슬쩍 일별한 후 입을 열었다.

"별문제 없소."

"그래? 그렇군. 새벽에 일찍 길을 나섰더니 피곤하군."

하품을 하며 말을 하는 톰슨 대위. 그러자 그의 옆에 있던 늙수구레 한 상사가 무언가를 꺼내 카이론 앞으로 내밀었다.

"직인을 찍으시면 됩니다."

카이론은 말없이 게오르그 상사가 내민 것을 내려다보았다. 물품 인수인계서. 카이론은 말없이 인수인계서에 직인을 찍었다. 그러자 모든 것이 끝났다는 듯이 활짝 웃는 톰슨 대위였다.

"그럼 고생하시게."

그렇게 말을 하고 식당 앞에 매어 놓았던 말에 훌쩍 뛰어올라 뒤도 돌아보지 않고 달려 나가는 그 둘이었다. 카이론은 먼지를 일으키며 사라지는 톰슨 대위와 게오르그 상사를 바라보았다.

"케이먼 중사."

"네, 넵!"

"얼마나 해먹은 건가?"

"무슨 말씀을……."

촤르르릉!

카이론의 등 뒤에 매어져 있던 언월도가 뽑혀져 나왔다. 섬 뜩하기보다는 청명할 정도의 소리를 내면서 말이다. 그리고 그 소리가 들려온 순간 카이론의 언월도는 케이먼 중사의 목 에 대어져 있었다.

"네놈이 저들을 동행한 연유를 묻고 있는 것이다."

꿀꺽!

케이먼 중사는 마른 침을 삼켰다. 사실 신임 중대장이 온다 는 것을 알고 있었다. 그런데 하필 자신이 부식을 조달하는 그 시기와 맞물린다는 것이다. 한 달 정도면 어떻게 중대장을 구워삶을 시간이 있어 상관없었다.

한데, 이번에는 그럴 시간조차 없었다. 그래서 생각해 낸 방법이 바로 보급품 전달관으로 있는 톰슨 대위와 게오르그 상사였다. 그들은 평소 케이먼 중사와 친분이 돈독한 사이.

이 정도의 발품은 해줄 수 있는 사이였다. 그들을 동행한 것은 앞으로 중대 보급품에 대해 왈가왈부하지 말라는, 혹은 자신에 대한 견제를 하지 말라는 압복 또는 협박이었다.

그런데 그것이 오히려 역효과를 낳고 있었다. 신임 중대장은 모든 일의 중심을 아주 정확하게 꿰뚫고 있었다. 케이먼 중사의 시선이 카이론에게로 향했다.

자신의 목에 닿아 있는 날이 시퍼렇게 선 특이한 무기가 겁이 나기는 했지만 그렇다고 여기서 약세를 보일 수는 없었다. 그는 아직 지금의 상황이 선수를 잡기 위한 기세 싸움으로 인식하고 있을 뿐이었다.

케이먼 중사는 손을 들어 카이론의 언월도를 밀었다. 하지만 카이론의 언월도는 밀리지 않고, 그대로 조금 더 전진했다. 따끔한 느낌이 든 후 날 선 무기의 면으로 검붉은 핏물이 흘러내리고 있었다.

"서로 좋은 게 좋은 것 아니겠습니까?"

자신의 목에 기이한 무기가 들어와 있음에도 불구하고 마른침을 삼키면서 자신의 할 말은 다 하고야 마는 케이먼 중사였다.

"그 좋은 것이 너와 나 사이의 일이냐 아니면 1중대와 나와 너의 사이에 있는 일이더냐?"

"진정 몰라서 묻는 것입니까?"

케이먼 중사는 아직도 자신의 배후를 믿고 있었다. 이전 중대장 때도 그 이전의 중대장 때에도 자신의 배후는 든든하게 버티고 있었고, 이번에도 분명 그러하리라 생각했다.

"아직 정신을 못 차렸군."

카이론이 언월도를 거둬들였다. 그에 케이먼 중사는 회심의 미소를 떠올렸다. 그의 얼굴에는 '그러면 그렇지'라는 표정이 떠올랐다. 지금의 상황을 지켜보고 있던 소위들과 병사들에게 약간의 실망감이 스쳐 지나갔다.

하나, 그것은 아주 잠깐이었다.

콰아악!

"쿠화아악!"

카이론의 주먹이 움직였다. 그리고 케이먼 중사는 피분수를 흘리며 거의 10m정도의 거리를 훌훌 날아 떨어지고 있었다.

털푸덕!

케이먼 중사는 그대로 땅에 나뒹굴었다. 흙먼지가 일었다. 흙먼지와 함께 사지를 바르르 떨던 케이먼 중사는 흙먼지가 가라앉을 때쯤 정신을 차렸다.

"끄응!"

잠시 후 케이먼 중사가 앓는 소리를 내며 몸을 일으켰다. 그러한 그를 향해 카이론이 걸어갔다. 케이먼 중사를 향해 걸어가는 카이론의 전신에는 칙칙한 어둠의 냄새가 흘러나왔다.

히죽!

간신히 몸을 일으켜 세워 두 팔로 몸을 지탱한 채 자신에게 다가오는 카이론을 바라보는 케이먼 중사였다. 그의 입 주변에는 이미 핏물로 물들어 있었다. 케이먼 중사는 핏물을 닦을 생각도 하지 않은 채 그 자세 그대로 웃었다.

"씨발. 아프네."

"아직 덜 맞았군."

"킥! 영웅 납셨군. 나한테 이러면 별로 안 좋을 텐데 말이야."

"그래서 덜 맞았다는 말이다."

콰직!

"끄아아악!"

카이론은 그대로 케이먼 중사의 발을 밟아버렸다. 그리고 뼈가 부러지는 소리가 들려오며 케이먼 중사는 미친 듯이 목이 터져라 비명을 질렀다. 하지만 카이론은 거기에서 그치지 않았다.

짓이기기 시작했다.

"끄, 끄허억!"

마침내는 숨넘어가는 소리가 케이먼 중사의 입에서 흘러나왔다. 카이론은 다시 입을 열었다.

"전시 상황에서 상관 모독과 귀족의 명예 훼손 그리고 식자재의 횡령은 어떻게 처리하지?"

"즉결 처형입니다."

1초도 지체하지 않고 튀어나오는 답. 바로 키튼 중사였다. 그의 대답에 아주 마음에 든다는 듯이 고개를 끄덕이는 카이론이었다.

　"저, 정말……."

　케이먼 중사는 그때야 사태의 심각성을 깨달았다. 그리고 눈을 크게 뜨고 카이론을 바라보았다. 둘의 시선이 부딪혔다. 순간 케이먼 중사는 등골이 서늘해지고 정신이 아득해졌다.

　이것은 살기였다. 상대를 반드시 죽이고야 말겠다는 필살의 신념과 같은 것 말이다.

제7장

따르게 하다

Warrior

"사, 살려……."

"1중대 행정보급관 케이먼 중사는 상기 세 가지의 중죄를 범했음에 전시에 가지는 처결권에 따라 즉결 처형한다."

쭈와아악!

무언가 찢어지는 듯한 소리가 들려왔다. 발악하려던 케이먼 중사의 시선이 부릅떠지며 그대로 굳어졌다. 그리고 그의 정수리에서부터 사타구니까지 붉은색 혈선이 생기면서 핏물이 배어 나오기 시작했다.

1중대에는 일순 적막이 감돌았다. 아침 식사 시간임에도 불구하고 포크나 나이프의 덜그럭거리는 소리조차 들려오지 않았다. 한 명이 죽었다. 잠시 죽은 케이먼 중사를 일별한 카이론이 주변을 훑어보았다.

모두의 시선이 카이론에게로 향했다.

"모든 것은 내가 결정했고, 내가 행했다."

그 말은 모든 책임은 자신이 지겠다는 말과 같았다.

"키튼 중사를 새로운 중대 행정보급관으로 임명한다."

"명을 받듭니다."

"지금의 모든 상황을 적어 보고하도록!"

"명!"

"그리고 바이에른 소위, 엔그로스 소위, 카르타고 소위는 나를 따라온다."

그 말을 남기고 중대장 막사로 걸어가는 카이론이었다. 병사들은 그의 모습을 그저 멍하게 바라볼 뿐이었다. 그들은 지금 멀건 스프와 무기로 써도 될 것 같은 딱딱한 빵이 코로 들어가는지 입으로 들어가는지 도무지 모르겠다는 표정이었다.

"휘유~ 미치겠군."

한참 만에 카르타고 소위가 모기 소리보다 작게 중얼거렸다. 소위로만 무려 2년이다. 엔그로스 소위는 벌써 3년째 소위로 있었다. 그동안 이들은 다섯 명의 중대장을 떠나 보냈다.

승리해 영전한 것이 아니라 전투에서 죽은 중대장이 무려 다섯 명이라는 뜻이었다. 그 중대장 중에는 기사 출신도 있었고, 유수의 남작이나 자작 가문의 서자도 있었다.

한마디로 날고 긴다는 이들이 대부분이라는 것이었다. 그들은 소위도 아니고 대위였다. 그럼에도 불과 몇 달을 버티지 못하고 죽음에 이르렀다. 물론 그들은 이곳에 오래 머물지 않을 것이기에 부대의 상황에 대해서는 별로 신경 쓰지 않았다.

그들은 서자이기는 하지만 귀족이었고, 위관의 꼭대기인 대위였다. 그만큼 대우를 받았고, 병사와는 다른 생활을 했다. 그런 그들에게 케이먼 중사나 자신들이나 별로 다르지 않았다.

오히려 적당히 아부하고 자신들을 편하게 대하는 케이먼 중사가 더 편했다. 한마디로 케이먼 중사는 1중대의 실세였다. 1중대는 그에 의해서 움직여진다고 해도 과언이 아닐 만큼.

그런데 그런 케이먼 중사를 즉결 처형한 카이론의 강단에 모두들 혀를 내두르는 것이었다. 그 모습을 본 병사나 부사관, 그리고 소위들은 이번 중대장은 뭔가 다를 것 같다는 생각이 들기 시작했다.

하지만 한 가지 불안한 것이 있었다. 케이먼 중사가 부패하기는 했지만 그래도 병사들은 멀건 스프와 무기로 써도 될 만한 딱딱한 빵을 먹을 수 있었다. 이제는 그가 죽고 없으니 그 마저도 어렵지 않을까 하는 생각이 슬며시 고개를 쳐들기 시작한 것이었다.

"가장 먼저 해야 할 것은?"

"식량입니다."

"다음은?"

"병장기입니다."

중대장 막사에 세 명의 소위가 들어오자마자 묻는 카이론의 질문에 선임 소위인 엔그로스가 답했다.

"식자재 창고로 가지."

"다시 말입니까?"

"그래."

다시 일어나는 카이론. 그런 카이론의 모습에 다들 환장하겠다는 표정을 짓는 소위들이었다. 하지만 키튼 중사는 별것도 아닌 것을 가지고 인상 쓴다는 듯이 부리나케 일어나 카이론의 뒤를 따랐다.

앉자마자 다시 일어나서 나가야만 했다.

"내참! 이럴 거면 창고 앞에서 말하든지. 무슨 똥개 훈련시키는 것도 아니고."

바이에른 소위가 투덜거렸다. 하지만 투덜거림과는 다르게 어느새 의자에서 무거운 엉덩이를 떼고 있었다. 또한 그의 입에는 무언가 즐겁다는 듯이 가느다란 미소가 매달려 있었다.

그것은 항상 냉정한 얼굴을 하고 있던 엔그로스 소위 역시 마찬가지였다. 그 또한 무언가 이루어질 것 같은 좋은 느낌을 가진 것이었다. 물론 소불알처럼 이리저리 움직이는 것은 마음에 별로 안 들지만 말이다.

그러한 그들이 부식 창고에 도착했을 때, 카이론은 이미 창고 안으로 들어가 있었다. 그들은 곧바로 창고로 들어갔고, 들어서자마자 그대로 굳어져 버렸다.

그들의 눈앞에 보이는 것은 벌써 부식 창고의 절반을 채우고 있는 식량이었다. 그들은 지금 입에서 침이 떨어지는 것도 모를 정도로 놀라고 있었다. 그들의 시선이 신임 중대장에게로 향했다.

신임 중대장 옆에는 푸른색과 흰색 그리고 검은색이 뒤섞인 묘하게 일그러진 공간이 생성되어 있었다. 그리고 그 공간에 손을 집어넣고 빼자 그의 손에 식량 몇 포대가 딸려 나오고 있었다.

"저……."

"어……."

"……."

놀란 것은 그들만이 아니었다. 그들보다 먼저 카이론을 따라 나선 키튼 중사도 마찬가지였다. 그 역시 처음 보는 기이한 일에 입을 다물 수 없었다. 그러다 문득 정신을 차린 키튼 중사가 입을 열었다.

"그……."

"맞아!"

"예?"

식량을 꺼내다 말고 카이론이 키튼 중사를 쏘아보았다. 명백하게 귀찮은 표정으로 두 번 말하게 하지 말라는 무언의 협박이었다. 키튼 중사는 슬쩍 소위들을 바라보았다.

그들의 얼굴은 참으로 가관이었다. 공간 확장 가방도 아니고 무려 아공간이었다. 그리고 그 용량도 엄청나 보였다. 물론 귀족 가문에 아공간이 없는 것은 아니었다.

하지만 극히 희귀하고 드물었다. 그들이 듣기로 적어도 영지를 가진 백작 이상의 가문이나 카테인 왕국 초기부터 함께한 유수의 몇몇 가문만이 아공간을 가진 것으로 알고 있었다.

또한 그것을 지키기 위해 무수히 많은 어쌔신과 씨프를 막아내야만 했다는 사실도 알고 있었다. 그런데 그 귀한 아공간을 실제로 보았으니 당연히 멍해질 수밖에 없었다.

그러한 그들의 표정을 살핀 키튼 중사는 감탄의 미소를 머금을 수밖에 없었다. 전혀 머리를 굴리지 않을 것 같은 중대장. 하지만 지금 이 순간 그는 완벽하게 소위들을 휘어잡고 있었다.

물질적인 면에서지만 말이다. 물론 조만간 무력 역시 검증을 거칠 것이다. 물질적인 면과 무력적인 면을 완벽하게 휘어잡는다면 1중대의 90%는 신임 중대장의 손아귀에 장악된 것이나 다름없었다.

지금 카이론은 아공간을 보임으로써 물질적인 면을 해결했고, 중대 행정보급관을 처단함으로써 권위를 살렸으며, 그것을 본 이들에게 호승심을 일으키고 있었다.

'똑똑한 양반이로군.'

키튼 중사는 단박에 카이론의 무언의 압박을 알아들었다. 눈치로 살아남은 군 생활이다. 이 정도의 눈치가 없으면 애초에 목이 달아나고 없을 것이다.

"아공간이라니……."

키튼 중사는 혼자 중얼거리며 카이론이 꺼낸 식량과 여러 가지 식재료 포대를 차곡차곡 분류해서 쌓기 시작했다. 그때 어느새 소위들도 정신을 차렸는지 키튼 중사를 돕고 있었다.

말은 없었다. 그냥 카이론이 포대를 꺼내 놓으면 종류별로 이리 치우고 저리 쌓아 올릴 뿐이었다. 그렇게 한 시간가량이 지나자 텅텅 비어 퀴퀴한 냄새가 흘러나오던 창고가 가득 찼다.

그 모습을 바라본 소위들은 눈에 살짝 물기가 어렸다. 처음
이었다. 이 부대에 전입해 온 이후로 식량 창고가 가득 찬 것
을 본 게 오늘이 처음이었다. 그냥 보기만 해도 배가 불러오
는 것 같았다.

"키튼 행보관은 매월초 한 달간 식단표를 작성하도록."

"명!"

"다음은 병장기 창고로 가지."

카이론이 걸음을 옮겼다. 이미 병장기 창고쯤은 알고 있다
는 듯이 말이다. 그가 병장기 창고로 이동할 때 그를 따르는
이들은 조금 더 늘었다. 각 소대 분대장과 부관이었다.

겨우 초급 위관 장교이지만 소위들은 그래도 기사였고, 자
작이나 남작 가문의 서자들이라 할 수 있었다. 작위를 받지는
못했지만 귀족의 씨는 귀족의 씨라는 말이다. 덕분에 따로 한
명의 행정 병력이 따라 붙는데 일반 행정병과는 조금 다른 전
속 부관과도 같은 개념이었다.

끼이이익!

병장기 창고의 문이 열렸다. 오랫동안 방치해 뒀던 창고인
지 문짝이 비명을 지르고 있었다. 그리고 훅 풍겨오는 쇳녹
냄새. 카이론은 성큼 안으로 발을 디뎠다.

그리고 아무 병장기를 들어 보았다. 배틀 엑스였으나 잔뜩 녹이 슬었고, 손잡이 부분에는 거미줄이 쳐져 있었으며 결정적으로 이가 빠지고 날의 면 부분에 가는 실금까지 가 있었다.

툭! 투다다당!

거침없이 배틀 엑스를 집어 던지고 더 깊은 곳으로 가 아무 무기를 집어 들었다. 이번에는 할버드였다. 머리 부분은 30~50cm 가량이며, 2m의 손잡이가 달려 있어 백병전에서 최고인 무기였다.

그 할버드 역시 마찬가지였다. 도끼 모양의 넓은 날은 이가 빠져 있었고, 그 반대편의 작은 갈고리 모양의 돌기는 끝부분이 뭉텅 잘려 나가 있었다. 또한 찌르기 위한 창 역시 절반가량이 잘려져 나가 흉물스럽기 그지없었다.

"내일 오전 중으로 전쟁 상인을 불러."

"처분하실 겁니까?"

키튼 중사가 눈치 빠르게 물었다. 말없이 고개를 끄덕이는 카이론.

"알겠습니다."

"그렇게 되면 쓸 무기가 없습니다."

키튼 중사와는 다르게 엔그로스 소위가 반대했다. 부러지고 금이 갔더라도 무기는 무기였으니까 말이다. 그에 엔그로스 소위를 바라보는 카이론이었다. 그러다 엔그로스 소위의 허리춤을 바라보았다.

사브르가 그의 옆구리에 달랑거리고 있었다. 사브르는 기병이 사용하는 검으로 다양한 종류가 있었다. 보통 부사관이나 위관급은 전투마가 제공된다.

때문에 위에서 아래로 찌르기보다는 베기 전용의 검을 많이 사용하는데 엔그로스 소위는 특유의 큰 키와 긴 팔을 이용하는 스타일인 듯 보였다. 사브르는 검 끝의 형태로 직선, 반곡선, 곡선 형태로 나누고, 칼끝의 용도에 따라서 분류한다.

손도끼 모양은 베기 전용, 창 모양은 찌르기 전용, 의사도 모양은 양쪽 모두에 적당하다. 의사도 모양은 보통 반곡선 형태인데 지금 엔그로스 소위가 착용하고 있는 사브르가 바로 의사도 모양으로 슈바이체르 사벨이라 부르는 사브르였다.

카이론은 병기 창고를 뒤적이다 엔그로스 소위가 지니고 있는 것과 똑같은 사브르를 찾아 그의 발치 앞으로 집어 던졌다.

"와봐."

카이론은 어느새 언월도를 비껴들고 조용히 엔그로스 소위를 직시했다. 엔그로스 소위는 마다하지 않았다. 케이먼 중사가 일격에 두 쪽 나는 것을 보기는 했지만 그것은 어디까지나 전혀 방어를 하지 않은 상태의 상대였기 때문이었다.

때문에 엔그로스 소위는 솔직히 신임 중대장의 실력이 궁금했다. 그런데 의외의 장소에서 의외의 기회가 주어진 것이다. 그는 어깨에 메고 있던 소형 방패인 버클러를 왼손에 착용했다.

솔직히 버클러는 무거운 무기나 베기 전용의 무기에는 전혀 필요가 없었다. 소형 방패이기 때문에 중병기를 막기는 힘들기 때문이다. 하지만 엔그로스 소위의 버클러는 달랐다. 보통의 버클러보다는 조금 더 무거워 보이고 단단해 보였다.

그 또한 귀족의 자제. 무기와 방패가 일반적인 병사들이 사용하는 것과 같을 리는 없었다. 엔그로스 소위는 그런 버클러를 앞으로 두고 카이론이 던진 슈바이체르 샤벨을 뒤로 두어 약간은 몸을 튼 상태로 자세를 잡았다.

이른바 방패로 무기를 가려 무기가 언제 어떻게 사용될지 모르게 하겠다는 심산 있었다. 썩 나쁘지 않은 대응이었다. 카이론은 고개를 끄덕이고 엔그로스 소위가 자세를 잡자마자 언월도를 크게 휘둘러 위에서 아래로 내리그었다.

콰아아앙!

"큭!"

엔그로스 소위는 짧은 신음을 내뱉었다. 원래는 비스듬하게 흘린 버클러에 의해 충격이 분산되면서 카이론의 기이한 무기가 흘러 내렸어야 정상이었다. 그런데 충격은 분산되지 않았고, 무기 역시 흘러내리지 않았다.

그와 함께 뼈가 시릴 정도의 충격이 전해지고 있었다. 엔그로스 소위가 카이론을 바라보았다. 무심한 눈동자. 오히려 그 눈동자가 더욱더 자신을 옭아매고 있었다.

'적당히란 없다.'

그것은 카이론의 눈빛이 엔그로스 소위에게 전해주는 무언의 말이었다. 엔그로스 소위는 소름이 돋는 것을 느꼈다. 마치 전장에서나 느꼈을 법한 그런 소름 말이다.

엔그로스 소위의 입가에는 진득한 미소가 떠올랐다. 오히려 이런 것이 더 좋았다. 비무? 대련? 그 따위가 대체 생사를 가르는 전투에 무슨 소용이 있단 말인가? 목숨을 걸어야 한다. 그래야만 살아남을 수 있다.

공방이 계속 되고, 방패와 검이 교차하며 수없이 많은 소음을 만들어냈다. 하지만 엔그로스 소위는 이내 인상을 찌푸릴 수 없었다. 전쟁에서는 필수라 할 수 있는 무기. 그가 들고 있는 녹슬고 이가 빠진 슈바이체르 샤벨에 작은 실금이 가기 시작한 것이었다.

그러니 망설일 수는 없었다.

쾌액!

엔그로스 소위의 버클러가 열리고 그 순간 날카로운 소성과 함께 빛살이 카이론을 향해 폭사했다.

채에앵!

"크읏!"

하지만 여전히 마찬가지였다. 엔그로스 소위는 눈을 부릅 뜨며 뒤로 주르륵 밀려났다. 그리고는 손아귀에 전해져 오는 저릿함에 카이론을 바라보았다.

'보이지도 않았다.'

그랬다. 어떻게 무기를 휘둘러서 자신의 슈바이체르 샤벨을 막았는지 볼 수가 없었다. 단지 자신이 휘두른 검을 뭔가 가 튕겨냈고, 자신은 손아귀가 찢어지는 것 같은 고통을 맛보 았다는 것이다.

엔그로스 소위는 카이론이 들고 있는 기이한 무기를 바라 보았다. 베기 전용으로 보이는 무기. 투박하고 날카로웠으며 무겁고 길었다. 보통 저런 무기는 동작이 크게 마련이고, 느 릴 수밖에 없었다.

그런데 아니었다. 엔그로스 소위가 다시 카이론을 바라보 았다. 무심한 눈빛이 자신을 바라보고 있었다.

마치 힘 좀 더 써보라는 듯이 오연하고 오롯한 시선이었다. 자존심이 상했다. 하지만 그래도 인정하기 싫었다. 3년을 버 텨오고, 십수 년을 고련한 자신만의 검이다.

"죽엇!"

엔그로스 소위가 튕기듯이 솟아올랐다. 이미 그의 머리에는 이미 대련이 아니었다. 그리고 엔그로스의 슈바이체르 샤벨이 카이론의 머리를 두 쪽이라도 내겠다는 듯이 내리그어졌다.

"저, 저런!"

"위험해!"

"오러 스트림이다!"

엔그로스 소위는 전력을 다하고 있었다. 그가 세 명의 소위 중에 선임인 것은 냉철한 성격도 한몫했지만 그 저변에는 가진 바 무력이 있었기 때문이었다.

중대에서 그가 가장 강했다. 하지만 그렇다 하더라도 익스퍼트의 실력은 아니었다. 익스퍼트에 오른다는 것은 그야말로 신의 축복을 받아야 가능하기 때문이었다.

그런데 지금 이 순간 엔그로스 소위는 오러 스트림을 시전하고 있었다. 오러 스트림이란 검에 마나를 담을 수 있는 단계로 불규칙적으로 안개처럼 흐릿한 모양의 오러를 뜻했다. 익스퍼트 하급의 경지에 달한 것이다.

주변에서는 놀란 음성이 터져 나왔다. 하지만 정작 엔그로스 소위 자신은 자신이 지금 무엇을 했는지 알지 못했다. 다만, 그의 전신을 야생마처럼 휘돌고 도는 무언가를 느끼고 있을 뿐이었다.

채애앵!

"큭!"

이전보다 강렬한 충격이 전해져 왔다. 하마터면 슈바이체르 샤벨을 놓칠 뻔했다. 순간 엔그로스 소위는 목구멍으로 넘어오는 비릿한 향을 느낄 수 있었다. 하지만 엔그로스 소위는 멈추지 않았다.

터덕!

뒤로 밀려나기 무섭게 다시 두 다리에 힘을 주어 카이론을 향해 미친 듯이 달려 나갔다. 그 순간 엔그로스 소위는 마치 세상의 시간이 느려진 느낌을 받았다.

그리고 보였다. 카이론이 휘두르는 기이한 무기의 궤적을 말이다. 궤적을 보는 순간 엔그로스 소위는 슈바이체르 샤벨로 막아냈다. 하지만 이미 카이론의 무기는 그의 무기와 방패를 무용지물로 만들고 있었다.

그 순간에도 엔그로스 소위는 카이론의 시선을 바라보고 있었다. 몸이 빨려 들어가는 착각이 들었다. 깊고 깊은 심연으로 다가오고 있다는 느낌. 자신의 무기와 방패를 관통해 수없이 많은 빛줄기가 자신의 전신을 난자하는 느낌이 들었다.

아니, 이것은 단순한 느낌이 아니었다. 바로 죽음이었다. 피가 흘러내리고, 목이 몸과 분리되고, 팔다리가 제각각의 자리를 이탈했다. 내장이 와르르 쏟아져 내렸다.

'죽… 는 것인가?

그 순간 엔그로스 소위의 생각은 멈췄다. 지극히 짧고 고요한 시간. 엔그로스 소위가 카이론을 지나쳐 허물어지고 있었다.

"저, 저런!"

"설마……?"

모두가 놀라고 있었다. 놀라지 않을 수 없었다. 1중대에서 가장 강한 존재. 짧은 순간이나마 오러 스트림을 시전한 익스퍼트가 패했다. 그리고 그들도 보았다.

카이론의 기이한 무기가 엔그로스 소위의 전신을 난자하는 것을 말이다. 물론 엔그로스 소위가 들고 있던 부적합한 슈바이체르 샤벨은 손잡이를 제외하고는 형체조차 없었다.

사람들이 쓰러진 엔그로스 소위 옆으로 다가갔다. 하지만 엔그로스 소위는 멀쩡했다. 어디 베어진 데도 없고 아무런 증상도 없었다. 다만, 그의 입에는 행복에 겨운 미소가 걸려 있을 뿐이었다.

"…또 없나?"

무심하게 쓰러진 엔그로스 소위를 바라보던 카이론이 주변을 훑어보며 입을 열었다. 그리고 그의 시선은 두 명의 소위에게 멈춰져 있었다. 두 명의 소위 역시 카이론을 보고 있었다.

"준비됐으면 와봐!"

기호지세라 했다. 이미 호랑이의 등에 탔다. 여기서 그만 둘 수는 없는 법이다. 남자들이란 그렇다. 안 될 줄 알면서도 도전을 한다. 호승심? 물론 그것도 있다. 하지만 사람들을 그 것을 도전이라 명한다.

카이론은 그들의 눈동자에서 도전 어린 열망을 읽었다. 다른 이들은 모르겠지만 그 두 소위는 알고 있었다. 엔그로스 소위가 한 단계 앞으로 나아갔다는 것을 말이다.

그리고 지금 그가 쓰러진 것은 과도한 체력의 소진 때문이라는 것도 말이다. 다른 이들과 다르게 정통 검술을 익힌 그들이다. 비록 서자 혹은 사생아라 하지만 귀족가의 명문 검술을 어렸을 때부터 혹독하게 익힌 그들이 모를 리 없었다.

바이에른 소위는 광도(廣刀)검으로 불리는 클레이모어를 빼들었다. 클레이모어의 손잡이는 십자형으로 장식이 없고 심플하다. 날의 두께는 얇고 탄력성이 있어 적을 베는 롱소드의 성격을 계승한 검이라 할 수 있었다.

그리고 카르타고 소위는 특이하게 두 자루의 검을 사용했다. 이른바 글라디우스라 불리는 검으로 흔히 이베리안 글라디우스라 명명된 검이었다.

두 자루 모두 70~75cm 가량의 길이로 베기를 주로 하지만 끝이 날카로워 찌르기에도 적합한 겸용 검이었다. 특히 이베리안 글라디우스는 과거에서부터 현재까지 이어진 수많은 바이큰 족과의 전투에서 변형되기를 수차례 걸친 글라디우스로 최근 500년간 가장 많이 사용된 글라디우스였다.

바이에른 소위와 카르타고 소위가 카이론을 중심으로 좌우로 갈라졌다. 바이에른 소위는 두 손으로 클레이모어를 잡고 몸을 약간 비튼 상태이고, 카르타고 소위는 왼손에 쥔 이베리안 글라디우스를 역수로 쥐고 있었다.

"차핫!"

먼저 카르타고 소위가 움직였다. 작고 다부진 만큼 그의 움직임은 빠르고 민첩했으며, 힘이 넘쳐흘렀다. 카르타고 소위가 움직이는 그 순간 바이에른 소위 역시 움직였다.

중간 정도의 키에 통통했지만 그러하기에 양손검을 들었을 것이다. 카르타고 소위보다는 느렸지만 그가 가진 힘을 결코 카르타고의 힘에 밀리지 않았다. 아니 파괴력에 있어서는 오히려 카르타고 소위보다 우위에 있을지도 몰랐다.

촤라라랑! 촤앙!

"크읍!"

한순간 강철이 부딪치는 소리가 몇번이나 흘러나왔다. 이곳에 있는 병사들이나 사관들은 그들의 모습을 볼 수 없었다. 그만큼 그들의 움직임은 빨랐던 것이다.

'역시!'

'대체 얼마나 빨라야 저런 소리가 나지?'

병사들의 공통적인 생각이었다. 그들은 놀라고 있었다. 하지만 그들보다 더 놀라고 있는 것은 역시 카이론과 대적하고 있는 바이에른 소위와 카르타고 소위였다.

'보이지도 않았다.'

'이런 충격이라는 건······.'

저릿하고 둔중한 충격과 함께 사타구니 밑에서부터 시작해 척추를 타고 뇌까지 울려오는 그 오글거리는 짜릿함은 자신도 모르게 스스로를 극한으로 몰아붙이고 있었다.

카이론은 그들을 바라보며 오연하게 서 있었다.

'목숨을 걸어라. 형식 따위는 필요치 않다!'

그의 눈동자는 그들에게 그렇게 말하고 있었다. 전심전력을 다해야만 했다. 그렇지 않으면 자신들의 전신이 난자당해 푸줏간의 고깃덩이와 다르지 않은 처지가 될 것만 같았다.

바이에른 소위가 카이론을 향해 뛰어들었다. 몸과 검이 하나가 되어 일직선으로 찔러오는 속도는 그야말로 무시무시했다. 카이론의 기이한 무기가 움직였고, 그 빈틈을 카르타고 소위가 찔러 들어갔다.

쩌엉!

맹렬하게 돌진하던 바이에른 소위의 클레이모어에서 날카로운 소리가 들렸고, 검끝이 들렸다. 순간 바이에른 소위의 신형이 살짝 비틀렸으며, 카이론은 그 순간을 놓치지 않았다.

살랑!

봄날의 미풍처럼 슬쩍 움직이는 카이론의 신형.

퍼걱!

"크아압!"

바이에른 소위의 통통한 몸이 떠오르며 튕겨져 나갔다. 그 와중에도 바이에른 소위는 여전히 자신의 클레이모어를 놓치지 않았다. 척추가 끊어지는 듯한 통증이 밀려들어왔다.

'뭐지?'

튕겨져 나가는 그 순간 바이에른 소위는 생각했다. 대체 자신이 무엇으로 공격받아 이렇게 튕겨져 나가는지 모르겠다는 생각이었다. 그리고 함께 전해져 오는 고통은 내장이 조각나는 것 같은 느낌이었다.

그때, 카르타고 소위의 왼손이 움직여 이베리안 글라디우스를 위에서 아래로 내려치며 오른손 역시 기이한 각도를 그리며 카이론을 압박해 들어왔다.

살랑!

다시 카이론의 신형이 봄날의 미풍처럼 움직였고 그의 신형은 잔상을 남기며 사라졌다. 카르타고 소위의 두 검은 헛되이 잔상만을 가르고 지나갈 뿐이었다.

'느낌이 없다?'

카르타고 소위는 급격하게 신형을 돌려 세웠다.

"커허억!"

그 순간 카르타고 소위의 신형은 활처럼 휘었으며 그 역시 바이에른 소위와 같은 신세가 되고 있었다. 카이론은 저만치에서 흙먼지를 뒤집어 쓴 채 어안이 벙벙해 있는 둘을 바라보았다.

"겨우 이 정도인가?"

꿈틀!

얼굴이 일그러지는 바이에른 소위와 카르타고 소위.

"분명 목숨을 걸라고 했다. 죽음이 두렵다면 어깨 위의 계급장을 떼라!"

"이익!"

"죽엇!"

카이론의 말에 그들은 분노했다. 자존심이 상했다. 겨우 소위 따위가, 그것도 신입 소위 따위가 할 수 있는 말이 아니었다. 그들은 이 전장에서 3년을 이를 악물고 버텼다.

다시 가문으로 돌아갈 시간을 기다리면서 말이다. 버림받았다고는 하지만 아직도 희망을 가지고 있었다. 그래서 악착같이 살았다. 처음 이곳으로 왔을 때보다 비교조차 할 수 없을 정도로 강해진 자신들이었다.

그런데 겨우 소위에서 단 며칠 만에 중대장에 오른 행운아 따위에게 자존심 상하는 말을 들을 수는 없었다.

'보여주고 말겠다.'

'신임 중대장 따위가……'

그들의 눈에는 필살의 의지가 깃들었다. 반드시 죽여 버리 겠다는, 상대를 죽이지 못하면 스스로 죽겠다는 필살의 의지. 조금 전과는 전혀 달라진 두 소위의 움직임에 카이론의 고개 가 미미하게 끄덕여졌다.

이 순간 그들은 자각하지 못하고 있었으나 또 한 단계 앞으 로 나아가고 있었다. 비록 익스퍼트에 들지는 못했지만 말이 다.

카아아앙!

"커헉!"

"크흡!"

두 개의 답답한 목소리가 흘러나왔다. 카이론을 향해 쇄도 하던 두 인영이 들어갈 때보다 빠르게 튕겨져 나왔다. 하지만 그들의 신형은 다시 미친 듯이 카이론을 향해 쇄도해 들어갔 다.

그들은 또 다시 튕겨져 나갔다. 하지만 그들은 포기하지 않 았다. 다시 달려들었고, 다시 튕겨져 나갔다. 반복되었다. 달 려들고 튕겨져 나가기를 계속 반복했다.

하지만 그들은 포기하지 않았다. 그러는 동안 기필코 죽이 고 말겠다는 생각은 제발 한 대라도 치고야 말겠다는 것으로 바뀌었다.

"제발… 한 대라도 맞아라!"

바이에른 소위와 카르타고 소위는 필사적이었다. 몸은 점점 지쳐 가고 있었으며, 그들의 몸과 얼굴은 가벼운 찰과상에 핏물이 베어나고 있었다. 그럼에도 그들은 포기하지 않았다.

시간이 흘렀다. 그들은 입에서는 가는 핏물이 흘러나오고 있었다. 카이론이 손속에 사정을 두었다고 하지만 한 시간 내내 두들겨 맞은 덕분에 가볍지 않은 상처를 입은 것이다.

풀썩!

기어코 바이에른 소위가 쓰러졌다. 일어나지 못하게 된 그는 기어서라도 카이론을 향해 다가갔다.

퍼억!

그때, 카이론을 향해 쇄도하던 카르타고 소위가 핏줄기를 뿜어내며 훌훌 날아가고 있었다. 땅에 떨어진 카르타고 소위는 어떻게 해서든지 일어나려고 발버둥을 쳤지만 결국은 축 처지고 말았다.

툭!

그때 카이론을 발치에 무언가의 기척을 느꼈다. 카이론이 내려다보았다. 기어오던 바이에른 소위가 멍들고 부르튼 얼굴로 카이론을 올려다보며 핏기 어린 웃음을 지었다.

"한 대… 쳤습니다."

끄덕.

카이론이 고개를 끄덕였다. 그에 바이에른 소위는 몸을 뒤집으며 커다랗게 웃었다.

"푸하하하하! 쿨럭! 씨발, 드럽게 힘드네. 쿨럭!"

핏물을 게워 내더니 이내 정신을 잃어버린 바이에른 소위였다. 확실히 그는 보기와 다르게 끈질긴 면이 있었다. 세 명의 소위 중에 유일하게 카이론의 몸에 손을 댄 자이니까.

카이론은 그들을 바라보다 주변을 훑어보았다. 수많은 병사가 모여 있었다. 그들은 모두 카이론을 바라보고 있었다.

"내일부터 목숨을 걸어라."

카이론이 외쳤다. 모두들 말이 없었다. 그러던 중 한 명의 하사가 앞으로 나서며 물었다.

"그러면 무엇을 주시겠습니까?"

"관등성명."

"1소대 선임하사 제라르입니다."

"목숨을 주겠다."

목숨을 걸라 해놓고 목숨을 주겠다니 도대체 이게 무슨 말장난인가? 하지만 카이론의 말의 의미를 그들은 곧바로 깨달을 수 있었다. 통상 군인은 이렇게 말한다.

'훈련을 실전처럼, 실전을 훈련처럼.'

이렇게 말이다.

하지만 과연 병사들 중 누가 있어 훈련 중에 목숨까지 걸고 실전처럼 할 수 있을까? 아마도 없을 것이다. 또한 그렇게 훈련하는 부대도 없을 것이다.

물론 특수 임무를 수행하는 부대나 혹은 기사라면 모르겠다. 하지만 그들이라 할지라도 훈련 중에 목숨을 걸지는 않는다. 그들이 목숨을 걸고 훈련할지라도 반드시 살아남을 수 있다는, 강해진다는 보장이 없으니 말이다.

하지만 카이론은 가능했다. 실제 지금 세 명의 소위와 목숨을 건 대련을 하면서도 카이론은 땀 한 방울, 숨소리 하나 거칠어지지 않았다. 그리고 세 명의 소위는 탈진하고 가볍지 않은 피육의 상처는 입었을지라도 한 단계 앞으로 나아갔고, 죽지도 않았다.

거기에서 병사들과 사관들은 한 가지 희망을 가질 수 있었다. 새로 부임한 신임 중대장은 강하다. 비단 강할 뿐 아니라 능숙하기 이를 데 없었다. 마치 닳고 닳은 용병이나 병사처럼 능숙했다.

전투에 있어서의 바람은 용병이나 병사들이나 똑같다. 현명하고 강한 지휘관을 만나는 것이다. 그러면 조금 더 오래 살아남을 수 있었고, 운이 좋으면 끝까지 생존할 수 있으니 말이다.

하루의 휴식이 주어졌다. 점심과 저녁은 근래에 들어 보기 드물게 진수성찬이었다. 고기가 발만 담그고 사라진 것 같은 멀건 스프가 아니라 덩이째 들어 있는 스프와 달콤하고 부드러운 빵. 그리고 두툼한 스테이크까지.

병사들과 사관들은 모처럼 만의 성찬에 기분 좋은 포만감을 느꼈다. 그리고 앞으로 전개될 상황에 대한 기대로 하루를 들뜨게 만들었다.

다음 날 새벽.

10km 구보는 변함없이 실시되었다. 겨우 이틀째지만 어제와는 판이하게 다른 모습을 보였다. 상의를 탈의한 후 형형하게 눈을 빛내는 병사들과 장교들. 어제 카이론과 대련한 이후 실신했던 세 명의 소위도 말끔한 상태로 대열에 서 있었다.

"구보 시작!"

"뛰어!"

"악!"

"갓!"

"악!"

척!

한 걸음을 뗐다. 모두가 한마음이 된 첫걸음이었다. 불과 하루 만에 모든 것이 달라지지는 않았다. 여전히 낙오하는 병사들이 생겼고, 힘겨운 10km 구보였다.

하지만 달라진 것은 있었다. 그들은 동료를 버리지 않았다. 낙오된 동료의 속도로 맞추고 10km를 뛰었다. 숨이 턱에 차고 땀은 비 오듯이 쏟아졌지만 그들은 결코 동료를 포기하지 않았다.

"조식 후 전원 간편 군장으로 연병장에 집합한다. 해산!"

"해산!"

한 시간의 정비와 다시 한 시간의 조식. 총 두 시간의 휴식을 가진 이후 병사들이 다시 연병장 한가운데 모여들었다. 그들이 오와 열을 맞추고 바라보는 곳. 그곳에는 한 명의 거대한 사람이 서 있었다.

"오전 훈련은 체력 훈련이다. 체력 훈련의 목적은 적과의 단기전 혹은 장기적인 작전을 수행함에 있어 끝까지 살아남을 수 있는 신체적인 능력을 상승시키는 데 있다."

말을 잠시 멈추며 카이론은 단상 아래에 도열해 있는 장교들과 병사를 바라보았다.

"오늘은 간단하게 열여덟 개의 구분 동작으로 이루어진 새로운 전투 체조를 알려주겠다. 본 교관의 동작을 잘 보고 기억하기 바란다."

카이론의 말에 다들 침묵하며 카이론을 주목했다. 기억하라고 했으니 기억해야만 했다. 이제 카이론은 1중대 모든 이들이 인정하는 중대장이었기 때문이었다.

"1번 높이뛰기."

카이론은 자세를 잡았다. 카이론이 이들에게 알려줄 전투
체조는 지구에서 군대를 가면 누구나 경험하는 PT체조였다.
PT체조만큼 독하고 힘들며, 체력을 증진시키는 체조는 없기
때문이었다.

이곳에도 병사들에게 맞는 훈련법이 있으나, 아무리 생각
해도 PT체조만큼 뛰어나 보이지 않았다. 해서 카이론은 자신
이 직접 시범을 보이며 그들에게 PT체조를 알려줄 작정이었
다.

"높이뛰기는 다리는 어깨만큼 벌리고, 제자리 점프를 하면
서 양손은 앞으로 나란히 하는 것처럼 앞으로 내밀고, 다시
점프를 할 때는 양손을 번쩍 들어서 팔 하박부가 자신의 귀에
닿게 하여 착지하고 내리면서 '하나!'를 외친다. 이 동작 하
나가 '1회'에 해당한다."

그러면서 카이론은 시범을 보이기 시작했다.

"시범적으로 본 교관이 먼저 해보이겠다. 본 교관은 높이
뛰기 '3회'를 실시하겠다. 마지막 구호는 생략한다."

"하나. 둘. 셋. 하나!"

"하나. 둘. 셋. 둘!"

"하나. 둘. 셋."

모든 동작을 마친 카이론이 다시 본래의 자세로 돌아왔다.

"알겠나?"

"악!"

"1번 높이뛰기 4회! 몇 회?"

"4회!"

"3회 실시한다! 하나. 둘. 셋!"

"하나!"

"하나. 둘. 셋!"

"둘!"

"하나. 둘. 셋!"

"셋!"

우렁찬 소리가 들려왔다.

"분명히 말했다. 3회라고. 열화 같은 열정으로 인해 7회 실시한다. 몇 회?"

"7회!"

"6회! 하나. 둘. 셋!"

"하나!"

다시 시작된 높이뛰기. 하지만 횟수는 점점 늘어나기 시작했고 소대장 이하 모든 병사가 지쳐 가기 시작했다. 분명 마지막 회는 구호를 붙이지 않아야 했다.

하지만 취사 담당 병사를 제외한 79명이 모두 한마음 한뜻이 되기에는 시간이 걸렸다. 근 30분 이상을 쉬지도 않고 높이뛰기를 한 결과 겨우 높이뛰기를 통과할 수 있었다.

그리고 이어지는 2번 굽혀 닿기, 3번 쪼그려 뻗치기, 4번 엉덩이 올리기, 5번 구부리기, 6번 발 벌려 뛰기, 7번 옆구리 운동… 7번까지 3시간 이상의 시간을 소요하며 모든 것을 해낸 병사들.

지칠 대로 지쳤다. 입이 쩍쩍 마르고 전신은 부들부들 떨리며 땀방울은 폭포수처럼 흘러내려 군장은 이미 축축하게 젖어 있었다. 가쁜 숨소리가 여기저기에서 들려오고 있는 것은 말할 것도 없었다.

"8번 온몸 비틀기 준비!"

"악!"

하지만 8번 온몸 비틀기만은 결코 쉽게 완수해 낼 수 없었다. 말 그대로 온몸이 비틀리는 듯한 느낌 그대로였다. 3회부터 시작해서 벌써 67회까지 올라간 상태.

물론 카이론이 지구에 살았던 시대라면 절대 있을 수 없는 일이었다. 하지만 이곳 병사들은 그것을 해내고 있었다. 그들의 눈에는 이제 서서히 독기가 차오르기 시작했다.

'네가 이기나 내가 이기나 보자.'

이빨을 빠드득 가는 이들이 있는가 하면은 눈에 독을 품고 악을 쓰는 이들이 있기도 했다. 열외는 없었다. 열외가 있을

수가 없었다. 교관이 중대장이었다. 어찌 열외가 있을 수 있
단 말인가?

그렇다고 요령을 피우는 이들을 잡아내지 못하는 것도 아
니었다. 카이론은 귀신같이 그들을 잡아냈다. 그들은 평생 처
음 보는 선착순을 해야만 했다. 한 번도 아닌 카이론이 마음
에 들 때까지.

카이론이 인정하는 시간 내에 들어 올 때까지 말이다. 요령
을 피워도 죽고, 요령을 피우지 않아도 죽는다. 그러니 독기
가 오를 수밖에 없었다. 그렇게 그들은 8번 온몸 비틀기를 완
료하지 못하고 중식을 맞이해야만 했다.

"허억! 허억!"

"도, 독한 놈의 새끼."

"씨, 씨발. 이, 이게 겨우 시작이라고?"

식당으로 가는 동안 병사들은 욕을 입에 달고 가야만 했다.
팔다리가 각자 제멋대로 움직였다. 그런데도 이상하게 발과
팔이 정확하게 맞아 들어가고 오와 열은 한 치의 틀림도 없었
다.

"살다 살다 이런 훈련은 처음이다."

"이게 겨우 체력 과정이란다. 이게 끝나면 산악 과정하고
생존 과정이 또 있다고 하더라."

"대체 중대장님은 이런 걸 어디서 배워 왔데?"

그나마 힘이 조금 남은 세 명의 소위는 헉헉거리면서도 육두문자가 들어 있지 않은 문장을 완성해서 대화를 하고 있었다. 하지만 그들도 역시 병사들과 다르지 않게 전신에 흙먼지가 뒤집어쓰고 있기는 마찬가지였다.

『워리어』 2권에 계속…

현대백수 장편 소설

FUSION FANTASTIC STORY

간웅

뇌성벽력이 치는 어느 날!
고려 황제의 강인번을 들고 있던
어린 병사가 낙뢰를 맞고 쓰러졌다.

하지만⋯ 다시 눈을 뜬 이는
현대 대한민국에서 쓸쓸히 죽은
드라마 작가 지망생.

**고려 무신 시대의 격변기 속에서 눈을 뜬 회생[回生].
살아남기 위해! 죽지 않기 위해!
그의 행보로 인해 고려는 서서히
변하기 시작하는데⋯⋯.**

치세능신 난세간웅(治世能臣 亂世奸雄)!

격동의 무신 시대!
회생, 간웅의 길을 걷다!

Book Publishing CHUNGEORAM

유행이 아닌 자유추구 -
WWW. chungeoram.com

절정고수들이 하늘 높은 줄 모르고 질주하는 현 세상.
서른여덟 개의 세력이 서로를 견제하는 혼돈의 시대

그 일촉즉발의 무림 속에
첫 발을 디딘 어린 소년

"나는 네가 점창의 별이 되기를 원한다."

사부와의 약속을 지키고
난세로 빠져드는 천하를 구하기 위해
작은 손이 검을 들었다!

박선우 新무협 판타지 소설 FANTASTIC ORIENTAL HE

풍운사일

내일을 향해 쏴라

김형석 장편 소설

FUSION FANTASTIC STORY

1만 시간의 법칙!
'성공은 1만 시간의 노력이 만든다' 는 뜻이다.

그러나…
사회복지학과 복학생 수.
전공 실습으로 나간 호스피스 병동에서
미지와 조우하다.

1만 시간의 법칙?
아니, 1분의 법칙!

전무후무한 능력이 수에게 강림하다!
맨주먹 하나로 시작한 수의
인생역전이 시작된다!

Book Publishing CHUNGEORAM

청어람이감자사주주
WWW.chungeoram.com